メディアワークス文庫

平安かさね色草子
雨水の帖

梅谷 百

目　次

第一章　幼馴染――おさななじみ――

一

そっと手を擦り合わせる。

するとそこからほんのりと火が点《つ》いたように熱が生まれ、それを消さないように何度も息を吹き掛ける。

まだ日も昇らず、何もかもどっぷりと闇に落ちていて、視線を上げると数多《あまた》の星たちが競うように瞬《またた》いていた。

――寒さが満ちた朝は、好き。

かの清少納言《せいしょうなごん》様も、枕草子《まくらのそうし》で《冬はつとめて》とおっしゃっていた。

風の音も、鳥の声もしない、しんと静まり返った世界。その中で揺らめく炎の灯《あか》りを見ると、何より赤が際立ってどの季節よりも美しく目に映る。

だからなのか、寒い季節は赤が主体の重ねを考えたくなる。

「――明里《あかり》。牛車の手配はすんだか？」

西の対の妻戸《つまど》を開けて中に入ると、御簾《みす》の中から声が掛かり、足を止めて床に手をつき頭を下げる。

「はい。先ほど手配しておきました。支度を終えるくらいには、牛車もすぐに出発できます」

「……わかった。着替える、手伝え」

「かしこまりました。失礼いたします」

断りを入れて御簾を上げ、部屋の中に入る。

部屋の片隅で揺れている小さな炎を、周囲に置かれた高燈台《たかとうだい》に点けていく。

薄闇の中でも、この御方の部屋のどの位置に何があるか、もうすでに把握できている。全て点け終わると、褥《しとね》の上で私の主である哲成《てつなり》様が不服そうな顔をして私をじっと見ていることに気づいた。

「いかがされましたか？」

首を傾《かし》げると、ますます口をへの字にする。

「……何でもない」

その言葉に、袂《たもと》で口元を隠す。哲成様に見えないようにしながら私はにんまり笑っていた。

ついに、哲成様から注意を受けることがなくなった……！

葉月（旧暦八月）の半ばから、この上級貴族である春日《かすが》家のお屋敷《やしき》に女房として出仕して早五か月。睦月《むつき》（旧暦一月）の初旬の今日、ようやくこの日を迎えることができた。

哲成様より早く起き、牛車の手配も済ませた。昨夜すでに今日着る衣を考えてご用意してある。火鉢もご就寝になる直前に新しい炭を入れたからまだ温かい。

五か月も同じことをしていて、何も進歩はなかったのかと言われると辛《つら》いけれど、哲成様は容赦がない。いつも仕事のために夜も明けきらない朝早くから起き、夜遅くまで仕事をする。相手にも厳しいけれど、自分にも人一倍厳しい御方なのだ。

ほんの少しの間違いも許さない哲成様が何も言うことがないだなんて、いよいよ女房の仕事が板についてきたのを実感する。

「おい。なんだ、急に黙り込んで」

「い、いいえ。何でもないですよ。さあ、着替えましょう！」

誤魔化しながら今日の装束を持ってくる。

「本日は、躑躅《つつじ》の重ねの装束にいたしました」

「何でもいい。着せろ。寒い」

「かしこまりました」

躑躅の重ねは、表は蘇芳《すおう》という紫がかった深い赤、裏は萌黄《もえぎ》の黄緑色。三十歳まで着用できる、冬から春にかけての重ねの色目。

哲成様は長身だから、着つけるにはなかなか手間取る。手を伸ばし、さらに背伸びをしながら重なり合う色が美しく出るように丁寧に着つけていく。

寒さが厳しくなると、人は沢山衣を重ねる。

その分、色の重なりを様々に楽しむことができるから、冬から春は、私にとって楽園のようなもの。

心を躍らせているのとは反対に、指先がかじかんでうまく衣を摑《つか》めない。

「どうした」

「し、失礼しました。今日は特に冷えるので指が動かなくて……」

息を吹きかけようとした私の手を、突然大きな手が包んだ。驚いて身を捩《よじ》って距離を取ろうとするけれど、それよりも強く握られる。

「あ、あの……」

「動くな。このほうが早く温まる」

黒曜石のような漆黒の瞳が私を捉える。彫りの深い端整な顔立ちに、きりっとした眉。鷲《わし》のような鋭く涼し気な目元。絡み合った視線を逸《そ》らせず、見つめ合う。

陶器のようにするっとした肌が、部屋の隅で揺れる淡い光に照らされる。それがまるで哲成様の頰を赤く染めているように見えて、気づけば息を止めていた。

哲成様は、美しいのだ。

人気があるのも頷《うなず》ける。それなのに哲成様は、数多の姫君から毎日文をいただいても読みもしない。

じわりと氷が溶けるように、指先に熱が通う。哲成様のおっしゃる通り、早く温まるのはわかるけれど、でもこれはどうにも距離が近い。

このまま強く手を引かれたら、哲成様の胸に飛び込んでしまいそう。

手を引かれてほしいのかしら。それとも、突き放してほしい？

自分がどう望んでいるのかわからず困惑する。その間にもじりじりと緊迫感が纏《まと》わりつく。

哲成様の手にぐっと力が籠もって、思わず息を飲んだその時──。

「──ねえ。何をしてるの？」

がしっと肩に大きな手が乗る。その重みに、哲成様のほうへ傾きかけた私の体はそのまま動かなくなる。

「抜け駆けはなしって言ったでしょ？」

苛立《いらだ》った声が暗い世界に響く。いつもはもっと柔らかい声音なのに、今は少し怖い。

「抜け駆けなどしていない。寒くて指が動かないと言ったから、温めていただけだ」

「ふうん……。そうなの？　明里ちゃん」

視界一杯に飛び込んできたのは、すらりと通った鼻筋に、形のいい薄い唇、目元は少し垂れ気味で、ほんのりと色気を醸し出している。

部屋の隅で揺れる灯りを受けて、蜂蜜色の瞳と髪がさらに艶《つや》やかに輝いた。

私が勤める春日家には、三兄弟がお住まいだ。

哲成様が次男。

そして――、今私の目の前で不貞腐《ふてくさ》れたのか唇を尖《とが》らせているのが、長男の高成《たかなり》様。

女性に対しては百戦錬磨で、私が屋敷に勤めに来るまでは、毎夜様々な女性のもとを渡り歩いていたそうだ。今は私から小言を言われるのが嫌なのか、普通に夜は屋敷に帰ってくるようになった。

「そ、その通りでございます。この寒さですから、指先がかじかんでしまい……」

全て伝える前に、高成様は私を強引に抱きしめた。

「寒いなら僕が温めてあげるよ。さあおいで、仕事はどうでもいいから」

そのまま連れて行かれそうになる私の腕を誰かが強く摑んだ。

高成様がっかりしたように大きなため息を吐《つ》くのが、耳元で聞こえる。

「……高成も哲成も、本気で殺されたい？」

まるで地獄の底から響いてくるかのようなとてつもなく冷たく低い声に、一気に背筋が凍った。物騒な言葉通りに、本気で実行してしまいそうな危うさがある。

それが伝わったのか、私の体から惜しむようにそっと高成様の手が外される。

ようやく解放されて、私の腕を掴む手の主に向き直った。

「ありがとうございました。幸成《ゆきなり》様」

乱れた髪を直すと、幸成様はすぐに私の腕から手を離した。

「べ、別に！　まだ夜も明けきらないのに騒いでいてうるさかったから注意しに来ただけだから。どうせついでだ」

勢いよく顔を背けた幸成様の頬は夜目でも赤く染まっているように見える。

幼さを残す黒目がちの大きな目にくっきりとした二重、まるで姫君のように愛らしい春日家の三男の幸成様。男性とも女性とも取れる中性的な見目は、都の姫君たちの好意の的。それでも本人は大の女性嫌いで、屋敷にお母上様以外の女性である女房や雑仕女がいることすら嫌っていたようだった。

それは私に対しても同じで、ここに来た当初は幸成様から数々の嫌がらせを受けた。

「早く実家に帰れ」が幸成様の口ぐせだったし、結構な物言いに心が折れそうになったことも山のようにあった。

それでも徐々に打ち解けたのは確かで、初めは選ばせてもらえなかった幸成様の装束も、最近では選ばせてもらえるようになった。

――でも幸成様は気まぐれで、急に選ばせてもらえない日があったり、選んだ装束もお気に召さなければはっきり嫌だと断ってくる。

全ては幸成様のご機嫌次第。最近はそう思って折り合いをつけている。

春日家の三兄弟の、高成様、哲成様、幸成様。

三人とも私が仕えるべき人。

私の主なのだ。

「それより、神聖な屋敷を汚すような行為はやめろよ。こ、こいつに手を出すなんて、高成も哲成もどうかしてる！」

「僕は元々どうかしているから放っておいてよ。こんなにかわいい明里ちゃんが無防備に佇《たたず》んでいたら、手を出さずにいられると思う？　そんなの無理に決まっているよ」

「悪いが、俺はまだ出していない。この先はわからんが」

さらりとそんな言葉を告げる二人に、幸成様はさらに苛立ちを隠さず怒鳴りつける。

このようなやり取りは、今日初めて行われたわけではない。

実際、結構な頻度で行われている。

だからこれは私がどうこうというわけではなく、三人にとって兄弟愛を深める儀式のようなものなのだ。

現に口では上手なことを言う高成様も哲成様も、じゃれあうだけで実際に私に対して手を出してきたことはない。

無論、幸成様も……。と思ったけれど、ふと一瞬だけ抱きしめられたのを思い出す。

あれは確か私が内裏へ潜入していた頃に、久しぶりにお会いした幸成様が、初めて私の名前を呼んでくださって……。

不意にあの時のことを思い出したら、急激に頬が熱くなる。

高成様に抱きしめられても、ただの冗談としか思えないけれど、幸成様は軽い雰囲気でそういうことをするような御方ではないと思う。

私を他の兄弟たちからかばうように立ちはだかる幸成様の横顔を、斜め後ろからそっと見つめる。

あれは、一体何だったのかしら――。

たまに疑問が湧き上がって、どうにも胸の奥をざわめかせるけれど、あの時のことはあまり深く考えないようにしようと言い聞かせる。

なぜなら私は、『仕事』でここにいる。

三兄弟は私の主。

仕事以外の私情を挟むな、と言い聞かせて、馬鹿なことを考えたと自嘲する。

春日家は泣く子も黙る上級貴族。三兄弟のお父上様は朝廷の最高職である太政大臣《だいじょうだいじん》に任ぜられた御方だった。

一方、我が鷹栖《たかす》家は、下級貴族。都と呼べるかすらわからない京の片隅で、父上と母上と一緒に、細々と暮らしてきた。

一応私は貴族の姫君であるけれど、春日家に来る前は女房も下女も雇えない貧乏暮らしを送っていた。しかも昨年の夏にやってきた猛烈な台風のせいで実家の屋根が一部壊れ、それを直すために私は女房として働きにやってきたのだ。

同じ貴族だとしても、雲泥の差。天と地ほどの身分の差がある。

それを私も、そして彼らもわかっているはず。

「とにかく、哲成はさっさと仕事に行けば？　高成はいつまでもだらだら夜更かししていないで、さっさと寝なよ」

幸成様がてきぱきと、何か不満げに喚《わめ》く二人を部屋から追い出す。

「では私は哲成様のお見送りを」

「いいよ。哲成を甘やかすな。それよりオレを部屋まで送って」

「幸成様は甘やかしてもよろしいのですか？」

尋ねると、幸成様は微妙な顔をして、こちらを見やる。

意地悪なことを言い過ぎたかしら。どうも最近の私は幸成様を前にするとつい意地悪したくなってしまう。

「——……いい。オレはいいんだよ。末っ子だし」

幸成様は照れ臭そうに吐き捨て、早々に踵《きびす》を返《かえ》して部屋を出ていく。その姿がどうにも心をくすぐる。

「早く来いよ」

縁から声を掛けられて、ふふっと小さく微笑《ほほえ》む。

「かしこまりました」

私も外に出ると、月光が青白く縁を染めていた。

その中に佇む幸成様は、冷たい光に照らされてどこか大人びて見える。

「……何？」

私より二つ年下の幸成様は、この間年越しをして一つ歳《とし》を取り、まだ十六歳。

中性的で、どこか未熟で危うい雰囲気を纏っていた。

それがまた幸成様の繊細な愛らしさを引き立てていたけれど——。

「いえ……。何も」

最近少し背が伸びたのかしら。背比べしたわけではないからわからないけれど、同じか下だった目線は、少し上になっているような気がする。

落ち着いて話されている時の声音は、初めて会った時よりも低くなった。

瞬きをする刹那の間に、一気に大人の男性になってしまいそうで、目が離せない。

弟がいたら、こんな気持ちになるのかしら。兄弟がいないからよくわからないけれど、大人になってほしいような、このまま幼いままでいてほしいような、矛盾した感情が心を揺さぶる。

「……の？」

語尾が上がったのを聞いて、現実に引き戻される。

しまった。聞いていなかった。

幸成様は途端に眉間に皺《しわ》を刻む。理由を尋ねられても、見とれていた、だなんて、絶対に言えない。

「失礼しました。ぼうっとしておりまして……、もう一度お願いします」

「オレが話している間は、真面目に聞けよ。……前に去年の台風で実家の屋根が壊れたから修繕してるって言っていたけれど、もう直ったの？　って聞いたんだけど」

「はい！　先月から直しておりましたが、年明けすぐに直ったと父上から昨日文が届きました。おかげで家族が凍死せずにすみました。ありがとうございました」

報酬を貰《もら》うまではどんなに辛くても続けようと思っていたこの春日家の女房の仕事。

霜月（旧暦十一月）の最終日に約束通り報酬をいただくことができ、それを元手に屋根を直す手配ができた。そうしてこの間ようやく修繕が終わったと、昨日父上から文が来た。

新しく年を迎えてすぐに届いたとてもいい知らせを聞いて感じたのは、大きな達成感。やっぱり私は、働くことが好きなのだと改めて感じていた。

「そう。それはよかったね」

ふいっと幸成様は私から顔を背ける。その横顔が、どこか寂し気なのは気のせいかしら。

「でも屋根以外にも、まだまだ修繕しないといけない箇所が多いので、頑張ってお勤めさせていただきます」

三日と置かずに女房が辞めていく。

そう言われて有名だった春日家に勤める理由を、私はずっと実家の壊れた屋根のせいにしていた。それが直った今、私がここで勤める理由が一つ減ったと言っているようで、慌てて取り繕う。

こんな言い訳じみた言葉、幸成様にとってはどうでもいいのかもしれない。それでも幸成様の横顔を見たら、口にせずにはいられなかった。

——そう。それはよかったね。じゃあ、女房の仕事を辞める？

そんな言葉が続きそうだと勝手に想像してしまって、怖くなったというのが正直な気持ちかもしれない。

ずっと春日家で働きたい。私がそう思っているのは本当だけれど、あくまでそれは私の願いであって、幸成様は違うのかもしれない。

元はといえば、私を辞めさせたいとずっとおっしゃっていた。

幸成様が私を拒絶するのは、以前ならごく普通のことだった。それでもいろいろなことを一緒に乗り越えて、今では幸成様の装束を選ばせてもらえるようにもなった。皆様から《家族》だとおっしゃっていただけて、それ以来、幸成様から辞めろと一切言われなくなったけれど、口にしないだけで実際は辞めさせたいのでは……？

「わ、私、春日家の女房としてまだまだ頑張りますから……」

不安が襲ってきて、急に語尾が小さくなる。

漆黒の闇から夜が明け始め、薄水色に染まりつつある世界の中で、幸成様がほんの少し顔を傾けてこちらを見る。

「……うん」

短く頷いただけ。それなのに胸の奥が強く締めつけられる。

言葉は短い。でも、その唇は優しく弧を描いて笑んでいる。

あ、また。

瞬きすることすら忘れて、幸成様の柔らかい表情から目が離せなくなる。

見惚《みほ》れる、よりも、もっと強い力で引き寄せられる。

——この御方は、このような柔らかい表情もするのね。

いつも眉を顰《ひそ》めて唇をへの字に結んで不機嫌そうにしていて、笑顔も少ない。

幸成様は猫を被《かぶ》るのが得意だけど、女性が嫌いだからか女性の前では気難しい顔をされているようだ。

ずっとこんな風に微笑んでいたらいいのに。

そうしたらきっと、今よりもずっと多くの姫君から文を貰えるはず。

その光景がありありと脳裏に浮かんだ。今は文が届いても、一切読まないから捨てて言い放つけれど、もう少し大人になられたら高成様と同じように嬉々《きき》として文にお返事するのかもしれない。

チクリと胸の奥を針が刺す。

私は自分勝手なのかも。幸成様のそんな姿を見たくないと思うくせに、優しく微笑んでいてほしいなんて、矛盾している。

考え込んだ私の眉根に、パチンと痛みが走る。

驚いて目を瞬《しばたた》くと、幸成様が呆《あき》れた顔をして私を見ていた。その指先が私の額の近くにあって、軽く指で弾《はじ》かれたのがわかった。

「眉間に皺を寄せて何をそんなに考え込んでいるの？」

「い、いえ。何でもないです。早起きしすぎたのかもしれません」

あはは、と誤魔化して笑うと、幸成様が突然私の額に手を置く。

「さっきもぼうっとしていたけれど、風邪を引いたとかじゃないよね？　体調悪いの？　熱は……ないみたいだ、けど」

語尾が揺れたのと同時に、幸成様が勢いよく手を離して後ずさる。

目を丸くして、一気に頰を赤く染めた。

「ご、ごめん。勝手に触って」

「い、いえ……、大丈夫です」

恐らく、私の顔も赤い。

何か適当に言い訳をしてこの場から下がればいいのに、どうにも体が動かない。

鼓動が騒がしい。静かな世界に響いて、聞こえてしまいそう。

「じゃ、じゃあオレは部屋に戻るから」

「は、はい。また後で支度をしに参ります」

本当は、このまま着替えを手伝ったりしてもいい時間だけれど、どうにも居たたまれなくて、一旦下がらせてもらう。

すぐ傍《そば》の部屋に入って、はあっと大きく吐いた息は薄く白い。

冷たい手で自分の頬を包むと、火照った肌に心地いい。

心のざわめきが落ち着くまで、しばらくの間、目を閉じてそうしていた。

「明里ーっ、いるでしょ？」

縁をドタバタと駆けてくる足音がする。気づけば自分が笑みを浮かべていることに気づいて、繕い物をしていた手を止めて立ち上がる。

自分の部屋の御簾を押し上げると同時に、黒い影が私に飛び掛かって抱き着く。衣に焚《た》き染《し》められた梅花《ばいか》の薫物《たきもの》の香りがふわりと鼻をくすぐった。

「志摩《しま》。来てくれたの？」

志摩はぎゅうっと強く抱きしめた後、体を離して微笑む。

大きな猫目に、赤く小さな唇。透き通るような白い肌。志摩の笑みはとても美しく、公達《きんだち》たちがこぞって文を差し上げるのも当然なほどの美貌だ。

都いちの美しさと称される志摩は、元々私の憧れの姫君だった。

今日も梅花の薫物と合わせたのか、蕾紅梅《つぼみこうばい》の襲《かさね》の色目。

単《ひとえ》は青、五衣《いつつぎぬ》は全て紅梅だ。それを包むように、白の打衣《うちぎぬ》に、萌黄の表着《うわぎ》、そして蘇芳の唐衣を纏っている。

やはり、冬や春は重ねる衣が増えて、豪奢《ごうしゃ》になる。

梅の花がちらほらと咲きほころんできた今の季節に志摩の装束がすごく合っていて、うっとりと眺めて感嘆する。

志摩からは初めは好敵手《ライバル》だと言われていたけれど、いろいろあった末に、こんなにも心を許せる友人になれたことが誇らしいし、幸せ。

私は志摩を自分の部屋に招き入れ、二人で向き合うようにして座った。

「久しぶり。元気だった？　やっぱり新年の内裏はすごく忙しいわ。なかなか来ることができなくてごめんね」

「大丈夫よ。高成様たちから、毎日儀式ばっかりでへとへとだと聞いていたわ。私から見れば、様々な儀式があるなんてきっと素晴らしい体験ができるし、しかも豪華な装束を見ることができるだろうから、すごく羨ましい」

「明里くらいよ、そんなことを言うのは。さすがに年明けから二十日くらいまでいろんな儀式が続くとなるとぐったりするわ」

確かに大変そう。でも、都の片隅に住んでいて、しきたりや雅《みやび》さからかけ離れていた私には憧れでしかない。

「また明里も内裏に遊びに来ればいいのに。兄上に言っておくわ」

兄上。志摩は公ではないけれど、今上帝である鳥羽帝《とばてい》の妹姫なのだ。

「そうはいかないわよ。あの時は特別だったの」

春日家に勤め出してしばらく経《た》った頃、帝《みかど》に不穏な文が届くようになった。それを解決するために、しばらく内裏に滞在させてもらったのは、とてもいい思い出。

そんな融通が利いたのも、志摩が帝の妹姫だったのが大きい。

下級貴族の私は身分が低すぎて、内裏や後宮は絶対に入ることができない場所だ。もう二度と内裏に上がることもないだろうと思うと、皆で謎を解こうと走りまわったあの日々が本当に懐かしい。

思い出に浸っている私を見て、志摩も目を伏せる。

「特別……。そうね、あの時は特別だったわ。これからどうなるかわからないけれど、少しは変わるかも」

「え？　変わるって……？」

何の話なのか、と思って顔を上げると、志摩の瞳は寂し気に揺れていた。

「あのね。恐らく今月の終わりに兄上が退位するの」

「えっ、ええっ……！」

それって、帝が帝ではなくなる、ということ？

「三兄弟から聞いてなかった？」

「う、うん。何も……」

「そう。あの人たち案外約束は守る男なのね。誤解していたわ……」

「誤解？」

「実はあたしが明里にはしばらく黙っていてほしいって三兄弟にお願いしていたの。年が明けて落ち着いたら直接明里に話したくて」

「そうだったの。でも志摩から直接聞けてよかった。もしご兄弟から聞いていたら、志摩がどうしているか心配になって、いろいろ考え込んでしまっていたかも」

　志摩は自分の袂を口元に引き寄せて、少し照れ臭そうに微笑む。

「そうだろうと思った。明里ってすぐ心配するし」

「それはもちろんするわ。だって志摩は私の一番の友人なんだもの」

　その大きな目が細められ、さらに緩やかに垂れる。

　白い肌がほんのりと赤く染まり、笑顔を堪えるように唇の端がむずむずしている。

　志摩は本当に愛らしい人。

　口先だけではなく、心の底から私の一番の友人だと思っているのに。

「あ、ありがと……。でもね、兄上が退位されることは、あまり心配していないの」

「そうなの……」

「ええ。兄上はなるべく早い時期に自分の五歳になる息子に帝位を譲って、自分は上皇になるって言ったわ。責任を負うことを厭《いと》わなくなったみたい。白河院《しらかわいん》は前々からその御子を目にかけていたし、早くそうなるのを望んでいたらしいの。のらりくらりしている兄上に耐えかねてあの文の事件を起こしたみたいだから大喜びよ」

「帝が上皇陛下に……。それはつまり今後、帝が政治の実権を握るの？」

　今までは帝の祖父である白河法皇が上皇として帝の代わりに政治の実権を握ってき

た。帝自身も幼い頃に帝位に就いたことで、帝を補佐する意味合いで白河院がこの国を掌握してきたそうだ。上皇陛下になられるということは、今度はそれを自分が行うということのはず。

以前、白河院は帝に将来のことを真面目に考えてほしかったのと、帝のために身を粉にして働く者がいるのか知りたくて、不穏な文を帝に送った。

当時帝は率先して謎解きに参加せず、結果的に他の皆で協力して白河院に辿《たど》り着《つ》き、解決することができたけれど、帝はどうも不穏な文の犯人を早い段階で察知していたようだった。

つまり白河院の思惑を汲《く》み取《と》り、その通りに私たちを動かして謎を解かせたのだ。結局私たちは帝の手のひらの上で踊らされていただけだった。

ご自分のことを半端で未熟、空っぽの帝だとおっしゃっていらしたけれど、私はそうは思わない。

その知略で、帝はこの先きっと良い方向に国を導いてくださるはず。

「すぐに兄上が政治の実権を握れるかどうかを考えると、難しいとしか言えないかも。相手はあの白河院なのよ。簡単に実権を手放すと思う？」

「そう？　あの文の件を考えると、引退を決意なさっているような気がしたけれど」

「まあね。白河院も結構なお歳だし、ご自分でもそろそろって思っていてもおかしくはないでしょうね。でもすぐ、というわけにはいかないわ。周囲の公家《くげ》たちの思惑もあるでしょうし」

《周囲の公家たちの思惑》か。

白河院のもとで重用された方々が、鳥羽帝が実権を握った時に重用されるとは限らない。それは私でもわかる。

確か白河院はすでに七十歳くらいだったと思う。政権移行が確実にこの先十年以内に行われることは、当の白河院もご自身でわかっているはず。だからこそ、次に覇権を握るはずの帝に覚悟をきめてほしくて、あの一連の文を送ったのだろうから。

帝が上皇になられる、ということは、白河院が引いた後は自分が実権を握ると宣言するのと同じ。

そうなると新政権での自分の居場所を確保しようと、すり寄ってくる人々は山のようにいる。周囲の公家たちの思惑で、譲位が済んでも裏に白河院の御世《みよ》をもうしばらく長引かせ、その間に帝に取り入って自分の居場所を確保する流れになるのかもしれない。

何度かお会いした帝のお姿が脳裏に蘇《よみがえ》る。きりっとした太い眉に、少し吊《つ》り上《あ》がった猫目。そして掠《かす》れた深みのある不思議な声音。

――換羽しない鳥は羽ばたけない。これを機に私も『大人』になれと言われているんだろうな。

そう囁《ささや》くように呟《つぶや》いたあの声が、今もまだ耳に残っている。

帝位を引く。そして上皇になる。

白河院は以前帝の前で「己一人では宮中にはびこる魑魅魍魎《ちみもうりよう》には勝てない」とおっしゃった。

どれほどの魑魅魍魎が跋扈《ばっこ》しているのか、私にはわかりかねるけれど、上皇になるとの決意は、あの御方の『大人』になる覚悟なのだろう。

「……さらにお目に掛かることができない立場におなりになるけれど、帝の行く道に陰りがないことを祈っているわ。私にできることなんてまずないのはわかっているけれど、何かあったらいつでも言ってね」

そう告げると、志摩は深く微笑んで頷いてくれた。

「ありがとう。兄上も喜ぶわ。これからもよろしくね」

「もちろん」

私が頷いたのを見て、志摩は湿っぽくなった空気を切り替えるように手を叩《たた》く。

「さあ、兄上の話は終わりっ。もっと楽しい話をしましょ」

志摩は傍に置いてあった包みから、文の束を取り出す。思わずその分厚さにごくりと喉を鳴らした。

「そ、そんなにあるの？」

「ええ。ほら、忙しくてしばらく春日家に来ることができなかったでしょ？　だから依頼の文が溜《た》まってしまったのよね」

以前、私がしばらく内裏にいた時に、同僚の女房だった静《しずか》様や龍野《たつの》様と仲良くなり、静様の恋の話になった時に彼女に合いそうな襲の色目を選んだ。

それが功を奏したらしく、静様は順調に想《おも》い人と愛を育んでいるそうだ。

その経緯が噂《うわさ》好きの女房の間で広がり、果ては都中の姫君たちに広まった。

おかげで沢山の姫君から、襲の色目を考えてほしいと依頼が来るようになった。春日家にいる私に直接文が届くこともあるし、内裏に住む姫君や女房たちからは、志摩を通じて依頼されることが多い。私は志摩と協力して、なるべく依頼に答えようと襲の色目を考えている。

「こんなに溜め込む前に、三兄弟に持っていってと頼めばよかったけれど、やっぱり二人で考えたいじゃない？」

二人で考えたいと言ってくれた志摩の心遣いが嬉《うれ》しい。

「そうね。一人で考えても寂しいわ。早速頑張りましょう」

「ええ。えっと……、これは……」

お喋《しゃべ》りをしながら、部屋の片隅に置かれていた様々な色の布の端切れを何枚も重ね合わせる。こうやって二人で襲の色目を考えている時がすごく楽しい。

志摩の感性はすごく刺激になるし、勉強になる。

「あら、色の指定があるわ」

志摩が手に持った文をこちらに渡す。受け取ると、短い挨拶の後に、《襲の色目は赤を主体にしたもので》と書かれていた。

「冬になると赤を使いたくなるのはすごくわかるわ。私も今日、哲成様の重ねの色目は躑躅の重ねにしたの」

「へえ、躑躅。表が蘇芳で裏が萌黄ね。哲成様は渋めの色味が似合うからすごくいいと思うわ」

志摩に褒められると心が弾む。

「どのような姫君かしら。お名前は、葛姫《かずらひめ》……？」

「あたし宛ての文の束の中に紛れ込んでいたから心当たりがないのよね。直接渡してもらえたら、どんな感じの顔とか雰囲気とかわかるんだけど」

「忙しかったのだからしょうがないわ。そうね……無難な色から考え始めてみない？　梅重《うめがさね》や桜重《さくらがさね》とかはどうかな。志摩はどう思う？」

梅重は、単は濃紫《こきむらさき》、上から淡紅梅《うすこうばい》より淡く、淡紅梅、紅梅、紅《あか》、濃蘇芳《こきすおう》。対して桜重は、単は紅で、五衣の色目は全て白。表着は紅梅かしら。

表着は、一番上に着る衣のこと。肌着に当たる単を着て、その上に襲の色目で選んだ色の五衣、そして表着を上に着る。

志摩のように表着と五衣の間に、打衣という光沢感のある衣を着ることもある。

「そうね。桜重のような襲の色目があたしは好きよ。一番下は鮮やかな赤でその上に白を五枚重ねるだなんて、秘めた想いを抱えているようで素敵じゃない？」

志摩の言う通り、片想《かたおも》いとか、簡単に相手に伝えられない時の秘めたる想いを連想できる。

「わあ！　すごく素敵。葛姫が片想いをしているかどうかは文からはわからないけれど、桜重を主体にするのがいいわ！」

声を弾ませると、志摩がそうよね、と目を輝かせる。

「表着は紅梅かなと思ったのだけど、無難すぎるかしら。明里はどう思う？　赤が主体の襲がいいと言っているのだから、赤を使いたいわね」

「そうね。単だけが赤だと寂しいわ。表着は紅梅でもいいけれど、打衣に赤を使って、そこに目が行くようにするのもいいかも。赤と言っても葛姫がどのような方かわからないし、禁色は選ばずに……」

適当な端切れを何枚も重ねては時間も仕事も忘れて、志摩と色目を考えることに没頭する。

「――ねえ、帰ったんだけど」

御簾の向こうから不満げな声が掛かる。現実に引き戻されて顔を上げると、御簾に映る影と声から幸成様だとわかる。

「お出迎えもせず、失礼いたしました！　お帰りなさいませ！」

慌てて御簾を上げると、幸成様が眉根を寄せていた。

「なんだ。いたの？」

その目は志摩に向いていた。嫌悪感丸出しの幸成様に、志摩は盛大なため息を吐く。

「いて悪い？　邪魔しないでよ。今明里と楽しんでいるんだから」

「はあ？　こいつはオレの女房なんだけど。主が帰ってきたんだから、女房が世話するのは当然だろ」

「あーやだやだ。明里を奴隷みたいに扱わないでよ。そんなことを平気で言うなんて、明里に嫌われても知らないから」

「なっ、何言ってるんだよ！　普通だろ！」

正直、幸成様がおっしゃっていることは正しい。

幸成様の身の回りのお世話をするのが、私の仕事だ。だから主が帰ってきたのなら、くつろげるようにいろいろとやることがある。

報酬をいただく以上、仕事はきっちりこなさなければ。

「志摩。少し席を外すわ」

ごめん、と手を合わせると、志摩は仕方がないと頷いた。

「……はーい。早く戻ってきて」

「さっさと帰れよ！」

喚く幸成様を追って、縁に出る。

「あの、いつもすみません……」

本来なら女房の友人が頻繁に屋敷に遊びに来るなんて考えられないはず。でも幸成様をはじめ、高成様も哲成様も志摩が来ることを許してくれているのは事実。

幸成様が嫌な顔をするのは、恐らく元々女性が嫌いだからであって、何だかんだ言っても志摩を強引に追い出すことは決してない。

「オレは今すぐにでもあいつを出入り禁止にしたいんだけど。自分の家によく知らない女がいるなんて、虫唾《むしず》が走るんだよ！」

「でも……、本気で出入り禁止にはしないですよね」

思わず口走ると、幸成様が私を睨《にら》みつける。

「それは！　それは……、明里の友人だし……」

ごにょごにょと語尾を濁す幸成様に微笑む。

「私の友人だから、ぐっと堪えてくださっているんですか？」

「……そうだよ。志摩のことを、高成は歓迎していて哲成は完全に無視しているよね。オレは上の二人と違って、嫌すぎて今すぐ追い出したいけど何とか堪えているんだよ。それを忘れないでほしいんだけど！」

努力してくださっていることを知って、胸がじわりと熱くなる。

本来、この御方はとても優しい御方なのだ。どこかで拗《こじ》らせて、自分の気持ちを表現するのが不器用なだけで、誰よりもずっと気遣ってくださる。

「ありがとうございます。幸成様の優しさが嬉しいです」

目を細めて微笑むと、幸成様は一気に顔を赤く染めた。

「わ、わかればいいよ！　もうここでいいから部屋に戻りなよ」

「ですがまだ着替えの手伝いが……」

「自分でできるから大丈夫だって！　幸成様は足を速めて部屋に入って行ってしまった。

一刻も早く離れたいのか、幸成様は足を速めて部屋に入って行ってしまった。

やっぱり、不器用。本当は私に仕事を頼むつもりはなかったのかもしれない。志摩がいて、売り言葉に買い言葉でつい仕事しろと言ったのかしら。

そんなことを考えて、自分の部屋に戻る途中、気づけばくすくす笑っていた。

二

「――お帰りなさいませ、哲成様」

手をつき、頭を下げる。今日はいつもよりもお帰りが早かった。

志摩と会った数日後、私はこの家の主を迎えていた。

「戻った」

「はい。今日は、お早いですね」

そう言いながら顔を上げると、哲成様の後ろにもう一人佇んでいることに気づく。

「客だ。案内してくれ」

「はい、かしこまりました」

慌てて顔を袂で隠して立ち上がる。お客様って、珍しいわ。三兄弟とも、滅多に誰かを連れて帰ってくることなどないのに。

お客様がいらっしゃるから、今日は帰ってくるのが早かったのかしら。

灯りを手に母屋までお二人を先導する。その後、飲み物と軽い食事をお持ちすると、哲成様は私を手招きし、自分のすぐ傍に座れと促す。

戸惑いつつも、言われた通りにすると、ちょうどお客様が微笑んで私に目を向けているのに気づいた。

「明里、俺の古くからの友人の一人だ」

「哲成様の……。ご挨拶が遅くなりまして大変失礼いたしました。春日家の女房として働いております、鷹栖明里と申します」

「いえ、こちらこそご挨拶が遅くなりました。私は樋口通明《ひぐちみちあき》です。哲成とはもう十年来のつき合いでしょうか。しばらく静養しておりましたので、お話は哲成からお聞きしておりましたが、お初にお目に掛かります」

柔らかい声音と話し方に、優し気な眼差し《まなざ》し。樋口様に威圧的なところはどこにもなく、温和な雰囲気を纏っている。

「静養されていたとは、もう大丈夫なのですか？」

「はい。実は馬から降りる際に振り落とされて足を痛めまして……」

照れ臭そうに苦笑いする樋口様は、確かに運動が得意そうな雰囲気ではない。

「あら……それは大変でしたね。治って本当によかったです。今後お目に掛かることもあると思いますが、どうぞよろしくお願いいたします」

頭を下げた私に、柔らかい声が降ってくる。

「こちらこそよろしくお願いします。哲成とは長いつき合いですが、今まで春日家にお邪魔したことがなかったので、本日はお招きいただけて嬉しかったです。それもこれも女房である貴女《あなた》が屋敷を整えられたと聞きました。良き女房が春日家に来てくれましたね、哲成」

「——ああ、そうだな」

哲成様が同意してくれたことに胸が弾む。

《良き女房》だと思っていてくださることに、報いるためにも仕事を頑張りたい。

「通明は蔵人所《くろうどどころ》でも一目置かれている」

「蔵人所？」

思わず尋ねると、樋口様はにっこりと微笑む。

「蔵人は、簡単に申し上げれば、帝の秘書官です」

「そうだ。帝の命を伝えたり、逆に帝に報告をしたりすることが主な仕事だな」

「そんな。それはもっと官位の高い蔵人頭の仕事で……。私はほとんど雑務ですよ」

「とは言っても、五位蔵人《ごいのくろうど》だろ。選ばれた者しかなれないぞ」

五位蔵人は蔵人たちの中から二、三人しかなることができず、学識が高かったり、家柄がいい御方でないとなれないとお聞きしたことがある。

樋口様のような方は人当たりもいいだろうし、知識も豊富そうだわ。哲成様が出世頭と言ったのも頷ける。

「大したものではないですよ。私の家は哲成と違って中流貴族ですし、出世などどうでもいいのです」

「またそんなくだらないことを言う。貴様の悪いところだぞ。才能があるのだから、もっと高みを目指せ」

樋口様は、あははと苦笑いする。

「私は哲成と、書物の話や、議論しているほうが仕事よりも楽しいのです。今日はそのように時を過ごしたいと思って春日家を訪れたのですから、私のことではなくもっと楽しい話をしましょう」

あまり仕事のことには触れられたくないのかしら。哲成様と二人ならいざ知らず、初対面の私がいる場では、なかなか話したくないことなのかもしれない。

「それでは私は下がります。何かあればお申しつけくださいませ」

これ以上お二人の邪魔をしてはいけないと、深く頭を下げて部屋から退出する。

哲成様が有仁《ありひと》様以外のご友人をお連れになるなんて、珍しい。

それほど心を許していらっしゃる御方なのだろう。

確かに樋口様のあの柔らかい物腰は、冷徹だと評される哲成様にとって救いになるものなのかもしれない。

降らんばかりの無数の星たちを見上げる。

あのような優しい光で哲成様にこれからも寄り添ってほしい。そう願った。

しばらくして、牛車と牛飼いの童《わらわ》の声がしたので出迎えると、幸成様がお戻りだった。

哲成様と樋口様は依然お二人で語らっている。

「お帰りなさいませ、幸成様」

「ただいま。はあ、疲れたんだけど」

「お疲れ様でした。すぐに白湯《さゆ》をご用意しますね」

「喉渇いてないからいらない。束帯脱ぐから手伝ってよ。最近直衣《のうし》でばかり出仕していたから、久しぶりに束帯を着て肩が凝った」

普段三兄弟は、色目が自由に選べる直衣で出仕することを帝から許されている。

今日は儀式があったらしく、幸成様は黒の束帯姿でお出かけになった。

束帯は帝にお目に掛かる時にも着用できる装束で、非常に公的な面が強く、官位によって色や紋が決まっている。

お召しになるのも大変で、非常に窮屈だと父上からお聞きしたことがある。

「肩凝りですか。あの、よろしければ肩もみしましょうか？」

「ええっ……⁉　な、何言っているの」

幸成様はなぜか頰を赤く染めて、戸惑った顔をされている。

「こう見えて私、父上に肩もみだけは上手だと太鼓判を押されているんですよ！」

「え、な、ど、どうしよう。でも、まあ明里がどうしてもって言うなら……」

「──却下だ」

突然冷たい声が響き、目を向けると哲成様と樋口様がこちらに向かって歩いてきていた。どうやら樋口様がお帰りになるらしい。

「ちょっと。勝手に却下しないでくれる？」

幸成様が哲成様に向けてぎろりと睨みつけるけれど、哲成様は一瞥《いちべつ》しただけだった。

「お邪魔しています、幸成様」

樋口様が微笑みながら幸成様に挨拶されると、瞬時に幸成様は猫を被った。

「これは、樋口殿。お久しぶりです。お加減はいかがですか？」

「もうこの通り無事に治りました。幸成様はお変わりなさそうで安心しました」

「ありがとうございます。樋口殿が我が屋敷にお越しくださるなんて、私も嬉しいです。今後とも兄を頼みます。今お帰りですか？　また是非お越しください」

にっこり微笑む幸成様は、見事としか言いようがない。

こんなにも鮮やかに、まるで面をつけ替えるように態度を変える幸成様に、心の底から感心する。

でもこの態度から考えると、幸成様と樋口様は友人とは言い難《がた》い関係で、あくまでも《兄上様の友人》という立ち位置なのかもしれない。

「はい。そうさせていただきます。また是非……」

まだ何か樋口様がお話しされていたけれど、急に門のほうが騒がしくなった。

顔を向けると誰かがばたばたと駆けてくる音がする。哲成様は私の腕を強く引き、その広い背の後ろにかばってくれた。

「──大変大変！」

叫んだ声で、走ってくるのが高成様だと気づく。哲成様の背後から顔を出すと、高成様がちょうど私たちのもとへ駆け込んできたところだった。

「た、大変だよ！　あの人たちが帰ってくるんだって！」

あの人たち？

涙目の高成様に対して、哲成様は短く「そうか」と頷き、幸成様は「本当!?」と声を弾ませた。

私は思わず隣にいた樋口様を仰ぎ見る。すると驚いているのか、目を丸くしていた。

私の視線に気づいた樋口様は、すぐに見張った目を細めて、にこりと微笑む。

「状況につられて思わず驚いてしまいましたが、あの人たちとは一体……」

「どなたでしょうか……？」

樋口様に向けて首を傾げると、私たちの話し声に気づいて高成様が声を上げる。

「樋口くん、いたんだ……！」

「お久しぶりです高成様。哲成に誘われてお邪魔しておりました。今帰るところです。

足を痛めた際に、気遣ってくださってありがとうございました」

「無事に治ったみたいで安心したよ。ごめん騒いで。実は両親が都に戻ってくることになったのを聞いて取り乱しちゃって……」

「えっ、ご両親⁉」

思わず声を上げる。ご両親って、当たり前だけど、三兄弟のお父上様とお母上様よね……。女房といえども、貴族のしきたりもよくわかっていない私がこの家で働いていて、大丈夫かしら。

急に猛烈な不安が襲ってくる。顔色を変えた私を見た高成様が、明るい声を出す。

「大丈夫だよ、明里ちゃん。両親に会うのは本当に嫌なんだけど、君は僕の妻だって二人に紹介するからね！」

「そんな戯言《たわごと》を伝えたら、庭の池に沈めるぞ」

低い声で呟いた哲成様に、高成様は唇を尖らせる。

「あんな汚い池、絶対やめてよ。ああああ、あの人たちが帰ってくるなんて、心の底から嫌なんだけど！」

高成様は大きくかぶりを振って、頭を抱える。

「オレは母上に会えるから全然構わない。オレが母上に明里を紹介するから」

そういえば、幸成様は母上至上主義な御方だったわ。お母上様以外の女性なんて、家にいるだけで許せないと言っていたし。

「別に両親が帰ってこようがどうでもいい。でも確かに明里を紹介するにはいい機会だな。俺が紹介するから二人は黙っていろ」

三人が何か揉《も》めているのが聞こえているけれど、頭に入ってこない。

もし落第点をつけられて、追い出されてしまったらどうしよう。

ああ、今度志摩が来たら相談に乗ってもらわないと……！

戸惑っている私の横で、樋口様が口を開く。

「あの、ご両親がお戻りになられたら、私も久しぶりにご挨拶させてください。長くご滞在される予定ですか？　もしや再び都にお住まいになるとか？」

その言葉に我に返る。樋口様のおっしゃる通り、滞在がどのようなものになるのかすごく気になる……！

「一時的って聞いているけどね……。帝の譲位と新帝の即位が決まったことを聞いて、挨拶をするから二か月弱滞在するだけって言っているみたいだけど、実際はどうなるか……。あの人たちは思いつきで行動するから」

ごくりと唾を飲み込む。

最低でも二か月弱。もしかしたら長期滞在。

絶対に何かやらかして、皆様にご迷惑をお掛けしてしまいそう……！

「そうでしたか。二か月もご滞在されるなら、一度はお目に掛かれそうですね。また改めて伺わせていただきます」

「別に気を遣わず、いつでも来てね。君は哲成の少ない友人の一人なのだから」

「ありがとうございます。お言葉に甘えてまた遊びに伺います。それでは失礼します」

樋口様は高成様に対して柔らかく微笑み、そして全員に向かって一礼して歩き出す。お見送りしようと私も三兄弟を置いて、樋口様の背を追う。

「あの、本日はお越しいただきありがとうございました」

「いえ。こちらこそ急で失礼しました。私は貴女よりも幾分哲成と過ごした時間が長いですから、いつでもご相談ください。もし何か哲成のことで困ったことがあれば、」

「心強いです。何かありました際にはよろしくお願いします」

樋口様はここで結構ですよと私を押しとどめ、私にまで深く頭を下げてからお帰りになった。

物腰も柔らかく、とても紳士的な御方だわ。哲成様のことで問題が起こったらご相談させてもらおう。

とりあえず今は、ご両親がいらっしゃることが最大の不安。

でもそう思っていることを三兄弟には打ち明けられない。誰しもがご自分の両親について悩んでいるなんて聞きたくないだろう。

とりあえず明日から雑仕たちの手を借りて、屋敷中を磨き上げなければ！

私はそう決意して、気合を入れるために拳をぎゅっと握りしめた。

三

「――うわあ、災難ねえ。心配だわ」

志摩は本当にそう思ってくれているのかわからないほど、にやにやしていた。

「何だか志摩の言葉と表情がちぐはぐなような気がするのだけれど……」

「心配してるわよ！　同時にものすごく面白い展開だわとも思っているけれど」

もう、とむくれると、志摩は「ごめんね」と謝ってくれる。

「それでご両親は、いつ帰ってくるの？」

「もう播磨《はりま》を出られているようだけれど、まだあと数日かかるって聞いているわ。途中で雨が降って足止めされたとお聞きしたから、もっと遅くなるかもしれないとも」

「道中は天候にも左右されるだろうし、正確にいつ着くかわからないって辛いわね」

「ええ。ずっと緊張続きだわ。今日かしらとか、明日かしらとか……、精神的に追いつめられて、焦ってあり得ない失敗ばかりするし……」

うんうんと志摩が大きく頷いてくれるから、口から心配事が次々出てくる。

「三兄弟のお父上様って、太政大臣にまで上り詰めた御方だって以前に聞いたけど……、そんな頂点の地位を得るなんて、気難しくて厳しい御方だったらどうしようと思ったら夜も眠れないくらいなの。私の父上なんて、下級貴族でぼうっとして何も考えていないような人だし……」

「なるほどね。それで派手なクマができたのね」

志摩の一言で打ちのめされた気分になる。やっぱりクマが酷《ひど》いかしら……。悲しい。

「大丈夫よ。あたしが伊勢《いせ》から都に来た頃、まだ春日様が内裏にいたの。兄上から春日様を一度ご紹介されたことがあったけれど、そんなに怖い方じゃなかったわ。大らかで細かいことを気にしない方だったはず。装束にも全く興味がないような方だったのはすごく覚えているわ。でも……」

「え、でも？」

ほっとしたのも束《つか》の間《ま》、打ち消しの言葉に血の気が引く。

「三兄弟のお母上様——寧子《ねいし》様だったかしら。彼女は気性の激しい方で、ご結婚される時に、春日様が通う他の姫君との関係を全部切らせて、それ以降女性関係について厳しく見張っている、とお聞きしたことがあるわ」

「そ、そうなの？」

「ええ。だから春日様よりも明里が気をつけるべきなのは、寧子様——つまり北の御方様かしら。大事な息子たちの周りに邪魔な女がいるとわかったらどうなるか……」

志摩はわざとらしく袂を引いて目元を拭う。

それにもうまく反応できないくらい、私は愕然《がくぜん》としていた。

ひんやりと体は冷え切って、最早《もはや》指先の感覚がない。

「ど、どうしよう……」

「やだ。ごめん、ここまで怯《おび》えるなんて思ってなかったわ。大丈夫よ、明里。少なくとも三兄弟は明里の味方じゃないの」

志摩が焦った顔をしているのを見て、困らせてしまったと気づく。

「そうならいいけれど……。ありがとう、いろいろ教えてくれて」

無理やり笑顔を作ると幾分ほっとしたように志摩は胸を撫《な》で下《お》ろす。

「あっ、そういえば、また葛姫から文が届いたのよ！」

重い空気を打ち消すように、志摩は明るい声で傍に置いてあった文の山を掻《か》き分《わ》ける。今日も志摩は、襲の色目を考えてほしいという依頼の文を持ってきてくれていた。

「葛姫って赤を主体にした襲の色目を依頼してきた……」

「そうそう。実は今回も赤を主体にした襲の色目を考えてほしいっていう依頼なの」

それってもしかして……。

「前に考えた色目は駄目だったのかしら？」

呟くと、志摩は翳《かげ》った顔で頷く。

「理由は特に書いていないからわからないけれど、そうだったのかも……」

空気が重さを増す。不安な心がさらに落ち込んで、大きな石がのしかかってきたように感じた。

「まあそういうこともあるわ！　気にせず、また赤の襲を考えましょう！」

志摩に励まされて、うんと笑顔を作って頷く。

一人で勝手に落ち込んで、志摩に迷惑を掛けないようにしないと。

「葛姫は一体どういう方なのかしら……」

「よくわからないのよね。他の女房からは直接文を手渡しされることが多いけれど、どうも葛姫の文は外から届くような気がする」

「外から？」

「ええ。他の文に混ざって届くの。ほらどこかの見知らぬ男があたしに勝手に文を送りつけてくるわけよ。そういうのが毎日沢山内裏にいるあたし宛てに届くんだけど、その中に紛れているのよね」

　さすが都いちと謳《うた》われる美人だわ。

　言葉通り、毎日沢山の文を貰うのだろう。でもそうでないとおかしいと思うくらい志摩は美人だから、志摩の言葉は嫌味とも思えず納得する。

「静とか龍野とか、他の女房たちに聞いてみても葛姫なんて知らないって言うし、返事の届け先も一応書いてあるんだけど、伏見稲荷大社《ふしみいなりたいしや》のさらに南なのよね。ちょっと郊外でどんな姫が住んでいるかよくわからないわ」

「そう……。でも無視するわけにはいかないし、また志摩と私でよさそうな襲の色目を考えて送ろう」

「ええ。そうね。この間の桜重は却下ね。他によさそうなのは……」

　二人で端切れを何枚も重ねては相談を繰り返す。

　高くあったお日様もいつの間にか傾き、頬に当たる西日を感じてようやく夕暮れだと気づく。

「……あら？　幸成様の帰りが遅いわ」

呟くと志摩が顔を上げる。

「そういえばいつもなら昼には帰ってきて嫌味を言ってくるわね」

気づくと急に不安になる。志摩の言う通り、幸成様は仕事が終わったらまっすぐに家に帰ってくる。今朝は特に遅くなるようなこともおっしゃっていなかった。

「何かあったのかしら……」

いてもたってもいられず、立ち上がって「門を見てくる」と言うと、志摩は「過保護ねえ」とため息を吐く。

返事をするのも忘れて門まで出るけれど、往来は静かだった。牛車の影もない。

「どうしたのかしら……」

もしかしてお帰りになる途中で体調を崩されて休まれているとか……。

高成様や哲成様はお帰りの時間が読めず、遅くなっても慌てることはないけれど、幸成様は遅くなる日は先に遅くなると伝えてくれるし、急に仕事が長引くことがあったら、使いの者を遣って教えてくれる。

その連絡もなく遅くなるなんて……。今までこんなことは一度もなかった。

悪い方にばかりいろいろ考えてしまって、不安に押しつぶされそうになりながら縁に戻ってうろうろしていると、志摩が部屋から出てきた。

「少し遅いくらいでしょ？　大丈夫よ。幸成様だって男性じゃない。通いたい姫君でもできたんじゃない？」

通いたい姫君。その言葉に二度ほど瞬きをする。

「そうね。それなら全然いいんだけど……」

何か命に関わることが起きていたらどうしよう。

不安になる私に、志摩は苦笑いする。

「別に他に女がいてもどうでもいいのね……。あたし、別に幸成様の肩を持つつもりはないけれど、不憫《ふびん》さに同情するわ」

「え？」

「ううん、何でもない。それより、牛車が門を越えてこちらに来たけれど、あれって春日家の牛車じゃない？」

志摩の視線の方向に目を向けると、確かに見慣れた春日家の牛車だった。

幸成様がお乗りかわからないけれど、高成様や哲成様ならご相談できる。

いくらかほっとして、胸を撫で下ろす。

しばらくして降りる準備が整うと、幸成様が慌てて降りてきた。

「な、なんでいるの⁉　で、出迎えなんて……、滅多に……」

戸惑っている幸成様を見て、心の底から安心する。

「よかった……！　お帰りが遅かったので、何かあったのかと心配しておりました。お怪我《けが》とかありませんか？　体調が悪いとか……」

「な、ないよ」

勢いのままに詰め寄り、袂を掴んだ私に、幸成様は露骨に声を揺らした。それを聞いて、ますます不安になる。

「そんな。顔が赤いような……。すぐに寝具を用意――」

「まだしなくていいよ！　連絡をしなかったのは悪かったけど、実は――」

「――なるほど。そなたが明里殿、か。あの幸成がやり込められているとは！」

あっはっは、と豪快に笑いながら牛車から降りてきたのは、哲成様によく似た顔立ちの中年の男性。切れ長の目に口髭《くちひげ》を蓄え、少しふくよかな体でゆったりとこちらに向かってくる。

え、もしかして……。

ひやっと背筋に冷たいものが走る。思わず幸成様の袂から勢いよく手を離した。

「幸成たちの父の、春日政成《まさなり》だ。そして私の妻の寧子だ」

「あらやだ。かわいらしい子じゃないの」

豪奢な扇を広げ、牛車から降りて縁に立ったのは、美しい黒髪の女性。

でもこの襲の色目は一体……。香の茶色に黄色そして淡紅梅……？　思わずじっと眺めてしまうけれど、色目について考えている暇はなかった。

その女性は、関係性を問わなくてもわかるくらい幸成様にそっくりで、凛《りん》とした美貌にくらりと眩暈《めまい》を起こす。しかも本当に三人産んだのかと疑うほど若い。

私や志摩より五歳ほど年上と言われても信じてしまう。

――気性の激しい方。

そう言った志摩の声が頭の中でぐるぐる回っている。

し、しまった。主である幸成様に詰め寄っている女房なんて……。

絶体絶命の危機だと、誰に問わずともわかる。

その証拠に、お二人とも目が笑っていない。私に向けられる視線は、値踏みしている目だとひしひしと感じる。

「はっ、初めまして。鷹栖明里と申しますっ」

慌てて頭を下げる。最悪。声が裏返った。さらに血の気が引いてこのまま前のめりに倒れ込みそうになる。

「鷹栖殿のことはよく知っているよ。鷹栖殿の娘が女房として勤めてくれていると聞いた時は驚いたけれど、先ほど幸成からよくやってくれていると聞いた。三人ともそれぞれ頑固なせいで扱いづらいだろうが明里殿がいてくれるなら助かるな」

「ええ。幸成がこんなにも女房に懐くなんて思ってもみなかったから、すごく安心したわ。これからも息子たちをよろしくお願いしますね」

幸成様が「懐いてないから！」と喚いていたけれど、頭に入ってこない。

お二人の優しいお言葉に、急激に目頭が熱くなる。値踏みしている目だなんて、私の勘違いだわ。あまりの緊張で大変失礼なことを考えてしまった。

不安で倒れそうだったけれど、ようやく両足が地面にしっかりとついた気がする。

その時急に、一台の牛車が勢いよく門をくぐって入ってくる。降りる準備など待てないというように、牛車から飛び降りて走ってきたのは高成様と哲成様だった。

「ち、父上！　母上！　お戻りになるのはまだ先になると聞いていたんだけど！」

声を荒らげたのは高成様だった。普段温厚な高成様とは打って変わって、眉を顰めて怖い顔をしている。

「屋敷に着くのはまだ先になると思ったんだがなあ。道中何の問題もなくすんなりと都に入ることができたのだ。急で悪かったが、高成はしっかりやっているのか」

「そ、そこそこにやってるよ。どうでもいいでしょ」

「高成は全く変わっていないな……」

春日様がため息を吐く。それを見た高成様が苦い顔になる。

何となく気づいていたけれど、どうやら高成様はご両親のことを好意的に思っていないようだ。

「それにしても三人ともしばらく見ない間に、何だか垢《あか》ぬけたわねえ。やっぱり着ているものかしら。しかも屋敷もすごく綺麗《きれい》になったし、品がよくなったわね。それもこれも、明里さんが全部選んでくれているんでしょう？」

北の御方様が三兄弟を眺めて嬉しそうに頷いている。

「は、はい。僭越《せんえつ》ながら皆様の装束を選ばせていただいております」

「さすが、都の姫君たちから依頼をもらうくらいですものね。素晴らしいわ」

その言葉から、私のことをすでにご存じなのだと伝わってくる。

あれ、と思ったけれど、道中ご一緒だった幸成様からお聞きしたのかしら。

「――もしや幸成、貴様が明里の紹介をしたのか？」

哲成様の問いかけに、三兄弟の間に張り詰めた空気が満ちたような気がした。

「もちろんしたよ。仕事から帰る途中で偶然父上たちの牛車と会ったんだ」

「ああ。明里殿のことは牛車の中で聞いて、哲成たちが来る前に挨拶できたぞ」

「貴様、《余計なこと》は言ってないだろうな」

「べ、別に言ってないよ。……多分ね」

目を泳がせる幸成様に、哲成様の雰囲気がさらに険悪なものになる。喧嘩《けんか》になりそうな気配を察して、止めようか迷った時に、急に春日様が私の背後に目を向けた。

「おや、君は……」

私も釣られて振り返ると、志摩が恭しく扇で顔を隠していた。そうだった。志摩もわざわざ縁まで出てきてくれていたんだった。

「お久しぶりでございます。春日様、北の御方様。志摩でございます」

「やはり！　これは何とまあ……、花も翳るほどお美しく成長されて……」

「貴方《あなた》、一体どちらの姫君なの？」

声を弾ませた春日様に、北の御方様が声を掛ける。

「今上帝の妹姫だよ。ほら、伊勢にいらっしゃった……」

「あら、この姫君が……。これはまた見事に成長なされて」

志摩は目を合わせようとせず、ただ恭しく俯《うつむ》いている。よそ行きの姿だというのは頭ではわかるけれど、そういう時の志摩は本当に美しい。

私まで見惚れてしまって、感嘆の息を吐きたくなる。

「ん？　だがなぜ志摩姫が春日家に？」

それは、と説明しようとした時に、幸成様が口を開く。

「こいつは明里の友人なんだよ。オレは追い出したいんだけど」

「追い出したいとは何事だ！　だがなるほど、明里殿のご友人か。志摩姫、いくらでも我が家にお越しください」

「……ありがとうございます。本日はこれで失礼させていただきます。またお邪魔させていただきますね」

ふふ、と微笑んだ志摩は、そのまま自分が乗ってきた牛車に向けて足を出す。

「志摩姫、もう日が暮れますぞ。道中護衛をつけましょう」

「いえ、結構です」

「いやいや、志摩姫に何かあっては心配だ。――夕悟《ゆうご》！」

え……。夕悟？

「……何か」

牛車の傍から姿を現したのは、赤茶色の髪を束ねた一人の青年だった。

キリッとした眉に、まっすぐな眼差し。表情は乏しく、引き結ばれた唇は真一文字のまま。佩刀《はいとう》し、大きな弓を手に凜と立つ姿に、思わずハッと息を詰め、両手で口元を強く押さえる。

そうしないと、大声で彼の名前を叫びそうだったから。

私の袂が大きく揺れたことで、全員の視線がこちらに向く。

そのまっすぐな強い瞳も私の目を捉えたけれど、一切揺らぐことはない。

動揺してぐらぐらと瞳を揺らす私とは対照的に、彼はただ静かに私を見ていた。

「ちょっと、何？　そいつ誰？」

幸成様の冷たい声が響く。見つめ合うことをやめることができなくて、幸成様がどんな顔をしていたかはわからないけれど、声は棘《とげ》を孕《はら》んでいたように感じた。

答えることができない私を横目に、哲成様が声を上げる。

「父上。そちらは？」

「ああ。私たちの私的な随身《ずいじん》だ。名は夕悟。剣術と弓術に非常に長《た》けていて、二年前に播磨で賊に襲われた時に助けてくれたのがきっかけで、そのまま護衛として雇ったのだ。常に私たちを護《まも》ってくれているよ」

「父上と母上の随身っていうのはどうでもいいんだけど……、もしかして明里ちゃんの知り合いなの？」

ぽんっと高成様の大きな手が肩に置かれて我に返る。私の体が驚いたように跳ね上がったのを手のひらから感じたのか、「聞いていた?」と不機嫌そうな高成様の声が耳元で響く。

「は、はい。あの……、実は……」

言葉が続かない。頭の中が混乱しすぎていて、何をどう話していいかわからなくなる。単純なことなのにうまく説明できない。

彼はそんな私を見て、やはり無表情のまま小さく頷いた。

その仕草に懐かしさが溢《あふ》れる。私の知る彼は、無口で感情も表に出さない人だった。話すのは私ばかりで、でもいつも小さく相槌《あいづち》を打ちながらただ傍にいてくれた。私はそれだけでなぜかとても安心したのを思い出す。

「やはり……、明里か」

久しぶりに名前を呼ばれて、一気に心がその声で支配される。

嬉しいのか、それとも怒りなのかわからない。何も言わずに消えたこの人に対する少なからずの憤りは存在している。

でもそれを凌駕《りょうが》するこの感情は——。

「よかった……、生きていて。私死んでしまったのかと」

「連絡もせずにすまなかった。言い訳はしない。自分の不徳だ」

言いたいことは沢山ある。でも。

「もういい。また会えて私、心底嬉しいの。——夕悟」

途端に夕悟の真一文字に結ばれた唇が優しく弧を描く。ああ、やっぱり夕悟だ。

こんなに慈愛に満ちた優しい笑みを私に向けるのは、夕悟しかいない。

「ゆ、夕悟が微笑んでいる……。この二年、一度も笑っているところなんて見たことがなかった夕悟が……！」

春日様が慄《おのの》いているのを見て、夕悟は一瞬で笑みを消した。

「こちらの御方の護衛をいたします。それでは」

風のように志摩のもとへ向かう夕悟に、微動だにできずにその背を見送る。志摩が何か夕悟に言っていたみたいだったけれど、何を言っていたのかは聞き取れなかった。

「——あいつ誰？」

地獄の底から湧き上がるような低い声に、一気に現実に戻る。案の定幸成様が鬼の形相で私を睨みつけていた。

「えっ、あ、えっと……、夕悟は私が幼い頃の知り合いで、よく遊んでもらったんです」

「幼馴染ってこと？」

高成様が私を覗き込む。

「はい。そう言うと思います」

「あいつ随身っていっても私的に召し出された散所随身だから庶民でしょ？　没落中の下級貴族だとしてもあんたは一応姫君なのに幼馴染？　もっと説明してよ」

幸成様が初めて会った頃のように私に対して敵意を剝《む》き出《だ》しにする。

どうしてだろうか。三兄弟からの視線がものすごく痛い。

「ええっと、幼い頃なので私も詳しくはわからないのですが、まだ鷹栖家が多少なりとも裕福だった頃に、夕悟のお父上様が私の父上の随身としてしばらく働いてくださったそうです。すぐに我が家は没落しまして随身も雇えなくなりましたが、夕悟の家族は元々近くに住んでいたこと、そして私には兄弟がいないこともあり、夕悟が兄代わりに可愛《かわい》がってくださいまして、よく一緒に遊びました。ですがある日突然いなくなり、久しく会っておりませんでした」

「兄？」

突然幸成様が私を覗き込んでくる。

「は、はい。夕悟は私にとって兄のような存在です」

頷くと、幸成様はなぜか胸を撫で下ろした。

「あら。それはとてもいいじゃないの。夕悟は真面目で腕も立つし、仕事は完璧にこなして有能なのよ。夕悟もそろそろ身を固めてはと思っていたけれど、明里さんがいいじゃない。ね、貴方！」

「おお、そうだな！　幼い頃からの筒井筒《つついづつ》の仲というのはとてもいい。これは早速鷹栖殿に文を書いて……」

「はあ⁉　勝手に明里ちゃんとあいつをくっつけようとしないでよ！」

「父上も母上も、戯言が過ぎます。文など書いたらどうなるかわかっていますよね」

「何でそうなるの……。いい？　一応明里は腐っても姫君なんだけど！」

目まぐるしく変わる展開に、全くついていけず呆然《ぼうぜん》とその光景を遠くから見つめる。

一体皆様で何の話をしているのかもよくわからない。だからなのか、腐っても姫君、という幸成様のあんまりな言葉にもまるで反応ができなかった。

「冗談だ、冗談！　でも、夕悟と明里殿がその気ならいつでも我々は手を貸すぞ。夕悟の身分など、私たちの後見があればどうとでもなる」

三兄弟がまた何か喚いていたけれど、春日様のお言葉を、優しいものではなくどこかぞっとしたものとして感じてしまった。

太政大臣にまで上り詰めた御方。政治の表舞台からは退いて隠居中だけど、まだその影響力は生きている。確かに春日様の口添えがあれば、身分などどうとでもなってしまいそうだった。

「それより、貴方たちこそ早く身を固めてちょうだい。名家と謳われる春日家の三兄弟が揃《そろ》いも揃っていい歳なのに結婚もしないなんて前代未聞すぎて恥ずかしいわ。──ああ、そうね。母は先ほどの志摩姫がいいと思う」

「おお！　それは素晴らしい。極秘とは言え、今上帝の妹姫だ。我が春日家にふさわしいな！　しかも我が家に出入りしているとあれば、ある程度仲はいいのでは？　そうと決まれば……」

「──本気でやめてくれる？」

一気に体感温度が下がって、ぶるりと体が勝手に震える。

聞いたこともないほど低い、高成様の声。

「言っておくけど、志摩姫の興味は僕らじゃなくて明里ちゃんだから。もちろん志摩姫は魅力的な人だということを否定しないけど、僕の興味は志摩姫にはない。自分のことは自分で決めるし、貴方たちに決めてもらう必要はないって前に言ったよね？」

いつもの高成様ではない。受け流す柔軟さも、ゆるさもない。

ただまっすぐにご両親を睨みつけている。

「……この件は完全に高成に同意する。話を進めても完全無視するからな」

哲成様の言葉に、幸成様も「オレも同意」と言う。

ご両親はやれやれと肩を落とし、顔を見合わせる。

「わかったわかった。すまなかった。勝手に暴走した。それより部屋に入らせてくれ。寒くなってきた」

春日様のお言葉に、ハッと気づく。いろんなことがありすぎて忘れていたけれど、屋敷の中とはいえ、まだ外だった。

「明里ちゃん。この人たちの世話は絶対しなくていいからね」

眉を深く顰めた高成様が私に念を押す。

「えっ、駄目です。私は《春日家の女房》ですから。春日家の方々は皆様私の主です」

そう言った私に、北の御方様は目元を緩ませる。

「明里さんはわきまえていらっしゃって、よくできた女房だわ。でも、播磨から夕悟をはじめ従者を何人か連れてきたから、私たちのことは気にせずいつも通り仕事をしてくだされば結構よ。ただ私たちがここを離れてから二年ほど経っているから、勝手がわからず貴女に尋ねることがあるかもしれないけれど」

「ご遠慮なさらず、どんな仕事でもいつでもお申しつけください」

「ありがとう。しばらく滞在しますがよろしくお願いしますね」

「はい。かしこまりました。ご滞在中は母屋をお使いください」

元々北の御方様がお住まいだった北の対は高成様が、西の対は哲成様が、東の対には幸成様と侍所があるためそこに私が住んでいる。

高成様が絶対に部屋を移動したくないと言うから、元々春日様が住んでいた母屋に北の御方様も一緒に滞在すればいいだろうということになった。

「わかりました。貴方、まいりましょう」

「ああ。今日は疲れたな。では皆おやすみ」

嵐のような衝撃と混乱をもたらしたのに、お二人は何事もなかったように去って行った。

後にはしんとした静寂が満ち、私には今かわしたやり取りが、どうにも現実のことは思えず、狐《きつね》に化かされたような気持ちになっていた。

「――明里。貴様はあの夕悟という男と話すな」

「えっ⁉」

突然そんなことを言い出した哲成様に、思わず大きな声を出してしまう。

「な、なぜですか？　あの、先ほども申し上げましたが、夕悟は私の幼馴染で、生きているかもわからなかったのです。今までどうしていたのか知りたいのですが……」

「あいつは生きていた。ならそれでいいだろう。絶対に話すな。これは命令だ」

横暴すぎると思いつつ、言い返すことができず口をパクパクさせる。

「哲成の言う通りだ。どうしても話したいなら文を書きなよ。それをオレが検閲してからあいつに渡してあげるから」

言いたいことは幸成様に捻《ね》じ曲《ま》げられると確信する。

「そんな……、少しでも……」

「絶対駄目。これは主の命令だよ」

「幸成が正しい。約束を破ったら、俺の部屋に閉じ込めて反省文を書かせる」

「監禁と反省文はなるべくご遠慮したいのですが……」

私と哲成様と幸成様で話している間も、高成様は難しい顔をして黙ったままだった。

「あの、高成様」

心配になって話しかけると、高成様は途端に笑顔になる。

「ん？　どうしたの？」

その笑顔がどうにも無理しているように見えて、どうしたのかとも尋ねられなくなる。いや、そんなことを尋ねるのは愚問だ。

高成様をそんな顔にさせるのは、どう考えてもご両親のことしかない。

「いえ、寒くなってまいりましたから、部屋に入りましょう」

頷いた高成様はいつもの高成様だった。

どうも高成様には二つの顔があるようだと、しばらく一緒に生活していて私も知っている。いつもは柔らかくしなやかに生きているけれど、時折見せる暗い顔。

人は皆、一面だけでは語れないのはわかっている。でも高成様はその裏表の差が激しいようだ。

表ばかりではなく裏の高成様も支えさせていただければ――。

そう思う気持ちは紛れもなく真実で、でも無暗《むやみ》に立ち入っていいものではないこともわかっているから堪える。暗い顔の高成様を元気づけたいのに、自分が無力すぎてどうにもできず、ただひたすら歯がゆかった。

四

皆様の明日の装束を考えようと装束部屋で衣を並べているのに、全く心が弾まない。

今までどんなに嫌なことや不安なことがあっても、装束のことを考えていると全部忘れて楽しく過ごせた。

でも今は、どうしても気持ちが上がらない。

ご両親が播磨から都に戻ってきて、三日過ぎた。

その間特に難題や干渉があったわけではない。むしろお二人ともとてもよくしてくださる。昨日も北の御方様がわざわざ私に美しい衣をくださった。

私では到底手の出ないような素晴らしい衣にものすごく心が弾んだのに、それも束の間だった。

高成様は依然落ち込んでいるし、哲成様の雰囲気には棘がある。

幸成様は北の御方様のもとへ行ってはいるようだけれど、昨日はなぜか戻ってきた時にものすごく苛立っていた。

いつもの春日家でないのは百も承知だけれど、まるで知らない場所に迷い込んだような気分になり、心が休まらない。

無論それは私一人だけではなく、三兄弟も同じように見える。

もう一度大きなため息を吐く。

「――何だ。疲れたのか？」

突然御簾の奥から声が掛かる。声や、御簾に映ったふさふさした髪から夕悟だと窺《うかが》える。

「夕悟……！」

単純に話ができたことが嬉しくて声が弾む。

この三日間、春日家の敷地《しきち》内に夕悟も私もいるというのに、一切会えなかった。夕悟と話すなと言った哲成様を思い出して迷ったけれど、偶然会ったということにすれば大丈夫なはず。

それに今日は新年の儀式があるから、三人とも内裏に出仕していて屋敷にいない。部屋の中で二人きりだというのは何となくまずいと思い、御簾を上げて外に出る。

寒さが肌を撫でるけれど、構っていられない。

「夕悟とようやく話せた！」

「そうだな。疲れたのか？　大丈夫か？」

「ありがとう大丈夫よ。私、夕悟が突然いなくなってしまってものすごく心配していたの。だからまたこうやって会えて、本当に嬉しいわ」

「あの時は悪かった。明里と会うのは五年ぶり、か？」

「ええ。私が十三の時だったから、もうそんなに経つのね」

夕悟は私の一つ上だから今年十九歳だ。

「五年前、父上が急に亡くなって、知人のいる播磨に身を寄せるしかなくなった。都を発ったのも突然で、明里に別れの挨拶ができなかったのをものすごく悔いていた」

夕悟はお父上様と二人で暮らしていた。どのような理由で亡くなったかは知らされなかったけれど、突然父親を失った夕悟に選択権はなかったんだろう。

「その後、播磨で過ごしていたが、二年前に偶然賊に襲われていた春日様を助けて、すぐに随身に召し抱えられた」

「そうだったのね。播磨はどんなところ？」

「いいところだ。人もいいし、食べ物も美味《うま》い。都のように雑多ではなく空も広く見える」

播磨の暮らしがとても気に入っていることがその言葉から伝わってきて嬉しくなる。充実しているようで、本当によかった。

「播磨にいる間も明里に何度か文を書いたが、返事もなく戻ってきてしまって……」

困り顔の夕悟に、はたと思い返す。

そういえばあの頃、ちょうど父上が何かやらかしてしまったのか、当時住んでいた場所よりもさらに辺鄙《へんぴ》な、今住んでいる場所に引っ越したのを思い出す。

「ごめんなさい。そういえば夕悟が都を出た後くらいに、家《うち》も引っ越したの」

「そうだったのか。だがこうやってまた会えた。それで充分だ」

夕悟は以前と同じような優しい笑みを向けてくれる。そして私の左肩にぽんと大きな手を置いてくれた。じわりと伝わる夕悟の熱に、ただただ嬉しくなる。

そうね、夕悟の言う通り、もう一度会えただけで充分だわ。

実際、もう二度と会えないと思っていた。

何の手がかりも探すあてもなく、父上はこういうことはよくあることだと言っていて、幼かった私にはそれ以上どうすることもできなかった。

もう一度どこかで会えるはずと思って暮らしていたけれど、その日がこうやって実際に訪れるなんて、神仏に感謝しなければ。

「明里はあまり変わっていないな」

「そう？　それでもあの頃より背が伸びたと思うけれど」

「そうだな。でも以前のままだ。明里と共にいると、都に帰ってきた実感が湧く」

私も夕悟といると、幼い頃の楽しかった日々に戻ったような気がする。

幼い夕悟は私のために沢山の色とりどりの木の実や木の葉を集めてくれて、私はそれを眺めたり木の葉を重ね合わせたりして色目を考えた。

少し大きくなった頃からは、一緒に屋敷を抜け出して、野山を駆け回って遊んだ。

実際に見たあの野山の美しい風景は、鮮烈な色になって、今でも私の心に焼きついている。

もうあの頃には戻れないけれど、『私』を作ってくれた大切な日々だわ。

「……いや、変わったか」

「え？」

顔を上げると、夕悟が微笑んでいた。

「もう、一人前の姫様だ。——美しくなった」

ハッと、自分の喉の奥から息をのむ小さな音がした。

見張った目に、無数の光の粒が飛び込んできて、キラキラと世界が輝く。

そんな。夕悟だって変わった。

背も伸びて、顔つきも骨格も、その手ですら骨ばって、どこを見ても男性だ。

まだ曖昧だった頃はとっくに過ぎて、離れていた時間の長さを否応《いやおう》もなく知らされる。

どう返事をしたらいいかわからず、微笑む夕悟を見つめていると、私が先ほどまでいた部屋の中の几帳《きちょう》が派手な音を立てて倒れた。

驚いて前のめりになった私を、夕悟が力強い手で支えてくれる。

「な、何が……」

夕悟が私を背にかばい、慎重に御簾を上げると、部屋の中では春日様と北の御方様が几帳の上に倒れ込み、幸成様が二人の後ろで鬼の形相のまま仁王立ちしていた。

「大丈夫ですか⁉ 一体何が……」

慌てて駆け寄ると、春日様が「いや几帳に躓《つまず》いて……」と呟く。

それは大変だと北の御方様が立ち上がるのに手を貸そうとすると、幸成様が私の腕を強く摑んだ。

「放っておきなよ。それより来て」

「え……、ですが」

「来いって言ってるんだけど」

冷たく抑揚のない声に、ごくりと唾を飲み込む。

幸成様のお顔を拝見しても、怒っているのかどうかすらわからない。感情のない能面のような表情に、嫌な予感がひしひしと募る。

「わ、私たちは大丈夫よ。夕悟がいるから。ねえ、貴方？」

「そう、だな！ 夕悟、手を貸してくれ」

「はい。承知しました」

正直、ここから離れたくない。恐らく二人きりになれば、夕悟と会うなという約束を破ったことで、幸成様の怒りが爆発するような気がする。

でも抗《あらが》うこともできず、私は幸成様に連れられて退出する。

「あの、幸成様……」

速足の幸成様についていくので精一杯になる。声を掛けるが応えてくれない。

そのうちに東の対の幸成様の部屋に放り込まれる。

「父上と母上に、全部聞かれていたよ」

「え？　聞かれていた？」

「さっき、明里と夕悟が話していたこと。父上たち、几帳の裏に潜んでにやにやしていた。だから後ろから押したら倒れ込んだ」

「ええっ!?」

聞かれていたなんて、急激に恥ずかしくなって頬が熱くなる。

「で、ですが……お待ちください。後ろから押すなんて駄目です」

「もちろん後で謝るよ。でも明里はオレを咎《とが》められるの？　明里だってオレたちとの約束を反故《ほご》にしたくせに」

うっと、言葉を詰まらせる。

これは怒っているのかしら。いつもなら喚き散らすのに、そうせず淡々としている幸成様に、どうしていいかわからず困惑する。

「申し訳ありません……。偶然夕悟にお会いしまして懐かしさに負けました」

出方を窺いつつも素直に謝ると、幸成様は腕を組んで私ではなく庭を見る。

「人間って不思議だよね」

「え？」

「怒りが頂点に達すると、逆に冷静になるって不思議」

ああ、やっぱり怒っていらっしゃった……！

「そ、そういうものなのですね……」

あはは、と苦笑いする私に、幸成様は静かに口を開く。

「ねえ。明里はあいつのことどう思ってるの？」

「どうとは……」

「兄のようだって言っていたけれど、本当にそれだけ？」

幸成様の目が私を捉える。その瞬間、瞳を揺らすことも逸らすこともできなくなる。

私に向けられている強い眼差しに、ドッと心臓が跳ね上がり、肌を焦がすような緊張感が部屋の中に一気に満ちた。

じりっと足を後ろに引く。でもすぐに幸成様が足を前に出し、私との距離を詰める。

「あいつに美しくなったって言われて、どう思ったの？　舞い上がった？」

「そのようなことは……」

「嘘《うそ》だ。ねえ、もう一度聞くよ？　明里にとってあいつは何？」

幸成様のおっしゃる《もう一度》は、《これが最後》、という意味。私が答えなければ、今まで培ってきた何もかもがそれで終わり、ということ。

気づけば自分から幸成様の手を摑んでいた。

幸成様が驚いたように体を震わせたことで、急に我に返る。

私、主の手を摑むだなんて、何てことを……。

「え、えっと……、すみません。あの……」

これで終わってしまうかも、と思ったら、思わず手を摑んでいたなんて言えず、混乱して言葉が出てこなくなる。慌てて離そうとした手を、ぎゅっと握り返される。

「ねえ。明里にとって、オレって何？」

私にとって、幸成様は――。

「主……です」

「ふうん。そう。なら、夕悟は？」

「夕悟は兄のような存在で……」

じっと見つめられて、動揺して息が上がる。

そんな心の奥まで暴こうとするような瞳で、見つめないでほしい。

「兄？　本当に？　明里はあいつのこと、好き？」

好き？　と尋ねられて、幸成様からそのようなお言葉が落ちるとは思わず、さらに混乱して頭が真っ白になる。繋《つな》いだ手が熱くて、そこから炎が出そう。

「えっと……、もちろん好きですよ」

そう言った私に、幸成様は思い切り眉を顰める。

「それは恋愛感情なの？」

まっすぐに尋ねられると、どうにも咎められているようでしどろもどろになる。

「えっ、れ、恋愛感情ですか？　……そ、そうですね、えーっと」

夕悟が好きか嫌いかなんて、好きでしかないけれど、それが恋愛感情であるかどうかと問われると悩む。

正直、絵物語で読むような熱烈な想いを誰かに抱いたことがない。

でも夕悟が消えた後、すごく落ち込んだ。このままでは死んでしまうかもと思うほど寂しかった。そう思うと当時私は……。

「初恋、だったのかも……？」

断言できなくて、勝手に語尾が疑問形になる。

すると幸成様が急にふらりとくずおれ、繋いだ手が離れた。

「幸成様!?　どうされました！」

床に手をつき項垂《うなだ》れる幸成様を、私も床に膝をついて覗き込む。

「……悔しい」

悔しい？　どういう意味なのかしら。

「あいつ絶対追い出す。うん、間違いなく殺す」

「幸成様……？」

恐ろしい言葉を呟いている幸成様の意識を逸らそうと、その背に手を置いた瞬間、幸成様が勢いよく顔を上げる。傍にいた距離がさらに詰まり、鼻先がぶつかりそうだった。

「今は？」

「い、今？　今は……、会えて嬉しかったですが、別に特別な感情はないですよ」

幸成様はしばらく私を見つめた後、大きく息を吐いて再度項垂れる。

「疲れた。ちょっと肩貸して」

「え、──」

同意するより先に、幸成様の額が私の左肩につく。じわりと重みと熱が広がったのを感じた途端、爆発するように心臓が早鐘を打つ。熱が頬に集まって、鏡を見なくても真っ赤になっているとわかる。

ど、どうしましょう。幸成様に鼓動を聞かれてしまうかもしれない。ああ、でも今引き離したら、この頬の赤さをどう説明すればいいのかしら。

混乱が混乱を呼び、もう何も考えることができなくなる。

夕悟に同じ場所を触れられた時、何も考えなかった。

こんな胸の奥まで焼きつくほどの熱は生まれなかった。

その事実は一体──。

それ以上考えることはできなくて、幸成様が離れるまでぼんやりと御簾の向こうに広がる曇天を目に映していた。

第二章　鈍色――にびいろ――

一

三兄弟が、急に仕事に行かなくなってしまった。

「え？　今日、仕事休みだよ」

高成様に尋ねてもはぐらかされる。

「もう新年の儀式も一通り終わった。働き詰めだったから、休んでいるだけだ」

あの仕事の鬼だった哲成様でさえ、家にいる。

「外に出ると寒いでしょ？　行くわけないよ」

いつもきっちり仕事に行っていた幸成様も休んでいる。

「哲成。狭くなるから文机《ふづくえ》なんて持ち込まないでよ。自分の部屋に帰ったら？」

「いや、大丈夫だ」

――絶対におかしい。

繕い物をしていた手を止め、さりげなく私の部屋の中を見渡すと高成様がごろごろ横になり、哲成様は文机を持ってきて部屋の中で仕事をしている。幸成様もどなたかからの文を読んでいる。

「あの、皆様なぜ私の部屋に集まるのですか……？」

恐る恐る聞いてみると、三人揃って「他意はない」と言う。絶対に何かあるような気がするけれど、特にお話ししていただけないから真相がわからない。

それにしても、新年の儀式が終わったとはいえ、休んでいて平気なのかしら……？

「あの私、装束部屋に行ってまいりますね」

「ああ、自分の部屋に忘れ物をした。俺も共に行く」

哲成様の申し出に疑問に思いながらも「わかりました」と返事をして、立ち上がる。

縁に出ると、ふと門のほうが騒がしいことに気づく。

「お客様かしら」

「俺も行こう」

屋敷の主が出迎えるなんてお客様を驚かせないかしら。そう思ったけれど、恐らく哲成様は適当なことを言って一緒に来るような気がした。

もしかして、夕悟と話さないという約束を破った私を監視しているのかしら。

もしそうだったらどうしようと鬱々としていると、哲成様が私の前に出る。

「――通明」

「哲成。何だ、元気ではないですか」

屋敷に来たのは哲成様のご友人の樋口通明様だった。以前お会いした時と変わらず優しい笑みを湛《たた》えている。

「今日内裏で有仁様にお会いしましたら、ここ数日哲成が仕事を休んでいると伺いました。仕事人間の哲成が休むだなんて何があったのかと思って慌てて来てしまったのですが、連絡もせずに申し訳ありません」

有仁様は、三兄弟のご友人。

先帝の後三条院《ごさんじょういん》の孫にあたる方で、今は権大納言の地位にある。三兄弟の上司だが、歳はそう変わらない。帝の信頼も厚く、装束が好きで志摩の良き理解者だ。数か月前の不穏な文の事件でご一緒に謎解きしたのを思い出す。

「わざわざ来てくれたのか。悪かったな。よかったら上がっていけ」

「ありがとうございます。ご両親がお戻りになったと聞きましたが……」

「ああ。しばらく前に戻った」

「よければ久しぶりにご挨拶させていただけないでしょうか。春日家の本来の主が戻ったのに、ご挨拶もせずに屋敷に上がるのは心苦しいです」

「わかった。通明は律儀だな」

「春日様は太政大臣になられた御方ですよ。そんな御方がいらっしゃるのに挨拶もしないなんてありえないですから」

交わす言葉を聞いていると、哲成様の声音は柔らかく、樋口様に気を許しているのがわかる。お二人のやり取りから、とてもよい関係なのだと伝わってきた。

「明里。悪いが、父上と母上に都合を聞いてきてくれ」

「かしこまりました」

頷いて、急いで母屋に向かうと、春日様が出迎えてくださった。

「ほう。哲成の友人の樋口くんか。ゆっくり話したいのだが実はこの後約束があってな、申し訳ないが、少しの時間でよければ応対しよう」

「承知いたしました。そのようにお伝えしますね」

戻ると、樋口様はそれでもいいと頷く。母屋までご案内すると、哲成様に几帳の裏で待機しろと言われ、その通りにする。すると声が聞こえてきた。

「――これはこれは樋口くん、久しいな。元気にしていたか？」

「はい。お久しぶりでございます。春日様もお変わりなく安心しました」

「ははっ、まだ耄碌《もうろく》していないぞ。哲成と今も懇意にしてくれているとは親として嬉しい。哲成は周囲に敵を作る男だからな」

「そんな。哲成は少し不器用なだけですよ。仕事は誰よりもできますし、妥協しない姿勢は私も一個人として尊敬しています」

「おだてても何も出ないぞ」

照れ臭そうに呟く哲成様の姿が目に浮かぶ。樋口様は本当に哲成様の良き理解者だ。

私も志摩に会いたいな。春日様に遠慮しているのか、春日様がお戻りになった日から志摩が訪ねてくることはない。寂しいけれど、仕方がないことよね。

「そうか樋口くんは今、蔵人所に出仕しているのか」

「はい。仕事量は多いですが、充実しております。春日様はこのまま都に留まって、政界に復帰されないのでしょうか？　お戻りをお待ちになっている方々は多いと思います。蔵人所でも春日様のお名前を今でもよく聞きますよ」

樋口様の声はよく通り、聞くのは悪いと思いつつさらに耳を傾ける。しばらくの滞在ということだったけれど、もしこのままずっとここにお住まいになるようであれば、何となく不安になる。

仕事のやり方も変わるだろうし、夕悟ももしかしたら都で暮らすかもしれない。それは不安になることではないけれど、三兄弟と夕悟の関係がこじれそう。

それで夕悟の仕事がなくなってしまうかもしれないなんて、考えたくない。

私の勝手な杞憂《きゆう》を吹き飛ばすように、大きな笑い声が響いた。

「待て待て。そんなこと微塵《みじん》も考えていないぞ。私はすでに表舞台から退いた身だ。大変お世話になった今上帝が退位されるから、妻と一緒にご挨拶するために都に戻ってきただけだ。それに播磨は過ごしやすい。正直今すぐにでも戻りたいくらいだ」

「そうですか。それは邪推しまして失礼いたしました。ただ、内裏での春日様の名声が今でも衰えないのは事実です。私もその一人ですから、つい余計なことを申し上げました」

「嬉しいことだよ。樋口くんのような方が全てならいいのだがなあ。まあこれからも、哲成たちと懇意にしてくれ。頼んだぞ」

「承知いたしました」

樋口様がそう言った時、御簾の向こうから声が掛かる。

「――春日様、お客様がお見えです」

声音から夕悟だと気づく。すると突然、私の傍に置かれていた几帳の上から、哲成様がこちらを覗き込んだ。思わず悲鳴を上げそうになって口を引き結ぶ。

「いるな。――撤退だ」

「か、かしこまりました」

頷くと、哲成様は樋口様と私を連れて、夕悟がいる縁とは別の方向に向かう。遠回りになるはずなのに、夕悟と顔を合わせないように部屋から出たのは、私もわかった。

「哲成、突然どうしたんですか？　せっかく春日様に別れの挨拶をしようとしていたのに……。あ、もしや今の方が……例の？」

例の？　樋口様はわざわざ忍び足で縁を進み、今さっきまでいた部屋の御簾の傍に控えている夕悟の姿を見る。

「なるほど……。あの御方が夕悟殿ですか。なるほど……」

感心している樋口様に、哲成様は特に何も言わない。もしかして哲成様は私と夕悟のことを樋口様にお話しししているのかもしれない。

どうしてこんなに夕悟を警戒するのかわからず、首を傾げる。私が夕悟と幼馴染だと言ったからかしら。それとも初恋の人だと幸成様に言ったのを聞いたのかしら。

でもそれは過去のことで、今は兄のように思っているだけなのに。

「おや、哲成殿！」

前方から声を掛けられて、我に返る。顔を上げると、恰幅《かっぷく》のいい中年の男性がにこにこしながらこちらに向かって歩いて来ていた。

「長谷川《はせがわ》殿。客とは貴方のことでしたか」

「そうだ！　お父上がお戻りと聞いて、慌てて伺った次第だ。しばらく邪魔をする」

「父も喜びます。すでにお待ちで……」

ちらりと哲成様が私を見たのを感じて、声を上げる。

「私がご案内いたしますね。どうぞこちらへ」

「いや、俺が案内する。通明とここで待て」

躊躇《ためら》ったけれど、すでに哲成様は長谷川様を連れて母屋へと戻っていく。

「……あの樋口様、本当に申し訳ございません。こちらの部屋へどうぞ」

すぐ傍の部屋にご案内すると、樋口様は苦笑する。

「いえいえ。貴女が謝ることではございませんよ。哲成はどうにもあの夕悟殿のことが心配なようです。大目に見てあげてください。それに長谷川様は哲成と同じく参議の任に就いておりますから哲成も含めて積もる話もあるはずです」

気にしていないと言うように、樋口様は腰を下ろす。

参議は国政に関わる議論に参加する方のこと。つまり長谷川様は三兄弟の同僚で、上級貴族の方だ。

「私はあまり春日家の影響力を知らないままここに出仕いたしましたので、毎日驚くことばかりです。春日様はやはりすごい御方なのですね」

　そう言った私に、樋口様はにこりと微笑んでくれる。

「ええ。すごい御方ですよ。突然都を出て二年経ちますが、今でも春日様に復職を願われる方は、私をはじめ大勢いらっしゃいます。長谷川様もその一人でしょう」

　それはつまり、今がうまくいっていないということなのかしら。だから影響力の大きい春日様に戻ってきてほしい、ということかもしれない。

　でも揉めている話とかは三兄弟から聞いたことはない。言わないだけなのかもしれないけれど、もし何か問題が起こっているとしたら気になる……。皆様に何か危害が加わることがあったら、不安だし……。

　三兄弟に伺ってもただの女房に答えてくれないだろうけれど、樋口様なら真剣にお答えいただけるかも。

「あの……内裏で何か起こっているのでしょうか？」

「え？」

「いえ、春日様がお戻りになられてから、ひっきりなしにお客様がいらっしゃっております。私は単純に、久しぶりに友人が都に戻ってきたから会いに来たということだと勝手に考えておりました。ですが樋口様のお言葉をお聞きすると、春日様に表舞台に戻ってきてほしいと思っている方が大勢いて……。それはつまり、現状に不満を持つ方が多いのではないかと思いまして……」

やはりやめておけばよかったと後悔したせいで、語尾がごにょごにょと小さくなる。

樋口様は、二、三度ぱちぱちと瞬きをして、にっこり微笑んだ。

「春日家は皆有能ですが、女房殿も有能だとは驚きました」

「い、いいえ、ただの好奇心で……」

あわあわしている私の目を、樋口様が覗き込む。

「心配しなくても大丈夫ですよ。よくあることです」

「え……」

「どんな組織にも大なり小なり派閥があります。特に参議の任は自分の意見を通すには誰の味方をするかが重要になります。春日様の発言力は元太政大臣ということもあり絶大です。その力にあやかりたい、もしくは戻ってきて下されば、もっとやりやすくなるだろうと思う方々は今でも大勢いるということです。表立って貴族たちの間で派閥争いが起こっているとか、そういう不穏なことは、今はないと思いますよ」

「そうですか……。すみません、急に心配になってしまいまして。ただの女房が尋ねる内容ではないと思いましたが、真摯にお答えいただきありがとうございます」

「構いませんよ。また何かあれば気軽に聞いてください。それより、お客様が増えたなんて、明里殿の仕事が増えて大変ですね」

気遣って話題を変えてくれた樋口様に感謝する。

「はい。正直まだ戸惑っております。これまでは訪ねてくる人なんていませんでしたから」

「哲成たちは元々屋敷に人を呼ばない主義でしたからね。ご両親がいた頃はそうでもなかったようですが、三人になったら屋敷が荒れたそうです。私もお邪魔したことはなかったですし……。ですが明里殿が女房として来てくれたおかげで、こうやって普通にお邪魔することができるようになって、友人として感謝しています」

微笑んでくださる樋口様を見ていると、やはり穏やかなお人柄だと思う。出世など、とおっしゃっていたのを思い出すと、そういう争いごとは苦手なのかもしれない。

「そういえば、明里殿は姫君たちの襲の色目を考えていらっしゃるとか」

「は、はい。お恥ずかしながら昔から装束が好きで……。この間私と共にいた志摩姫と一緒に、依頼があると考えております」

「素晴らしい才能ですよ。妹が明里殿と志摩殿の噂をしておりまして、是非考えてほしいと申しておりました。そのうち正式に依頼しそうです」

「妹姫がいらっしゃるのですね。いつでもお待ちしております。気合を入れて考えさせていただきますので」

他愛《たわい》のない話をして過ごしていると、しばらくして哲成様が戻ってきた。隣には高成様がいる。

「こんにちは、樋口くん」

「高成様。お邪魔しています」

「ゆっくりしていって。明里ちゃん、僕と一緒に来てね」

「はい。それでは失礼いたします」

哲成様と樋口様に一礼して退出する。

縁に出ると高成様が私の肩を抱いて歩き出す。

「あの……、もしかしなくても私って皆様に監視とかされていますか？」

尋ねると高成様は「どうかなあ」と、首を傾げる。

「約束を破って夕悟と話したことは謝ります、ですが……」

「明里ちゃん。僕は君が言われたことしかしない女房ではなく、自分の頭で考えて行動できる女房だと思ってる。だからこそだと思うけれど、身分の上下にかかわらずどんな人とも仲良くして……。それは君のいいところであるけれど、心配になるんだ」

「心配？」

「うん。君のことが気になる男は沢山いるってことだよ。でも君は無防備だから僕らが見ていてあげないとってことになったんだ」

「それは……、えっと、ありがとうございます……？」

どういうことなのかよくわからないけれど、とりあえずお礼を言うと、高成様は大きく頷いた。

「早くあの人たちが播磨に帰ってくれたら平穏な日々が戻るんだけどなあ」

何気なく言った、《あの人たち》という言葉がご両親を指すことに気づく。些細《ささい》なことで、高成様とご両親の間に存在する溝が露《あら》わになる。

そこに触れてもいいのかな。でも、ただの女房が踏み込んでいいものかしら。

「――ねえ明里ちゃん。君はずっと春日家にいてね」

そう言って笑った高成様は、どこか寂し気だった。

どうしてそう感じたのかはよくわからないけれど、頷くことしかできなかった。

二

「あの、お仕事に行かれなくて大丈夫ですか？」

これで四日目だ。ものすごく不安になってきた。

文を仕分けしていた私の傍で何か書き物をしている哲成様に声を掛ける。

高成様はまだご就寝で、幸成様は、今日だけはどうしても休めないと、先ほどものすごく名残惜しそうに家を出られた。

「大丈夫だ。気にするな」

哲成様がぽんと私の頭に手を置く。

「ですが……」

不安な顔をした私に、哲成様が笑みを見せた時、傍の御簾が跳ね上がる。

勢いよく私と哲成様の間に入り込んできたのは、北の御方様だった。

「明里さん。いい？」

「はっはい！　何か御用でしょうか」

「ええ。実は明里さんに、私の装束を選んでいただきたいの」

「えっ、よろしいんですか!?」

「もちろんよ。私も貴女に装束の依頼をしたいの。いいでしょ？」

そういえば、初めてお会いした時に私が装束を選んでほしいという依頼を受けていると、北の御方様はすでにご存じだったのを思い出す。

「はい、嬉しいです。ですが依頼についてはいつも志摩姫と一緒に選ばせていただいておりまして……。私一人で選んでもよろしいでしょうか？」

「もちろん貴女一人でいいわ。……あら？　ちょっと待ってちょうだい。志摩姫？　それなら志摩姫を屋敷に呼びましょうよ！」

北の御方様が、満面の笑みで手を叩く。

「えっ、よろしいんですか？　では――」

「却下。絶対に駄目だ」

哲成様の横槍《よこやり》が飛んできて落胆する。

「いいじゃないの！　すぐに呼んでよ」

「反対されるなんてどうしてですか？　今まで――」

志摩が来ても何もおっしゃらなかったのに、そう続く言葉は哲成様の冷たい視線に射すくめられて、喉の奥から出てこない。

「はあ……。哲成は頑《かたく》なねえ。いいわ、明里さんお一人でも大丈夫よ。ねえ、今から一緒に装束部屋に来てくださる？」

私の手を取って微笑むその姿は、牡丹《ぼたん》が花開いたように豪奢だ。気高くて美しい北の御方様は、やはり幸成様によく似ている。

「はい。もちろんです」

「よかった！　哲成は結構よ」

「は？　俺も行くぞ」

「何を言っているの。母の着替えを見たいの？」

「なっ……」

ぐうの音も出ないというように、哲成様は不満そうな顔で北の御方様を睨みつけている。

「あー、はいはい。夕悟なら使いを頼まれて屋敷の外に出ていったわ。疑うなら自分で調べてみたら？」

「そうする」

盛大なため息を吐いて、哲成様は部屋を出ていく。私たちも部屋を出て、装束部屋に向かって歩き出した。

「ごめんなさいねえ。あの子たち三人とも我が強いでしょ」

「ええっと……、そうですね」

否定してもわざとらしいかなと思って同意すると、北の御方様はくすくす笑う。

「振り回されて疲れていない？　心配していたのよ。でも私たちが貴女のことで口を出すと、あの子たち必要以上に怒るから。息子たちになかなか注意もできず、本当にごめんなさいねえ」

そのお言葉に、胸の奥がじわりと温かくなる。

「ご心配してくださっていたなんて、本当にありがとうございます」

「心配するに決まっているじゃないの。何かあればすぐに相談してね」

明るくそうおっしゃっていただけて、すごく嬉しくなる。正直少し怖い方なのかと思っていたけれど違った。やっぱり実際に話してみないとわからないことが多い。

「この部屋も随分綺麗にしてくれて助かったわ」

装束部屋に入ると、北の御方様はまじまじと部屋の中を眺める。

「すみません勝手にいろいろと使ってしまって……」

「いいのよ。誰かから聞いたかもしれないけれど、私は装束に関してからっきしなの。興味もなくて、とりあえず何か着ていたらそれでいいじゃないって思っているくらいよ。いろいろ贈られてもしまい込んでいたし、播磨に行く時に適当に処分してって言って屋敷を出たから、こうやって明里さんに使ってもらえて、すごく嬉しいわ」

「ありがとうございます。お恥ずかしいことに、私はここに来て初めてこんな美しい衣を見たので、すごく感動したんです」

座った北の御方様に促されて、対面するように腰を下ろす。

「鷹栖殿のことは夫から聞いているわ。よく働いてくださったようだけど、人が良すぎてしまったようだって」

「お恥ずかしながら……、うまく世を渡ることは向いていなかったのだと思います」

「内裏の中は様々なことがあるから……。気にしなくていいわ。人柄が優れていることこそ誇るべきことよ」

父上を褒めてくださる北の御方様に胸が震える。

思い返せばそんな風に父上のことをおっしゃってくださる方は今までいなかった。

「夕悟からも聞いたわ。鷹栖殿がとてもよくしてくださったって。貴女たちは幼馴染だと言っていたわね。私も夫と九つ離れているけれど幼馴染で、家のために十を数える前に結婚したわ。それからずっと一緒。喧嘩は頻繁にするけれど、お互いよく知っているからうまくやれているのかも」

「そうだったのですね……。お二人はすごくお似合いで素敵です」

「明里さんは今おいくつ？」

「十八になりました」

「あら、ならもうそろそろそういう話があってもおかしくはないわね」

苦笑いする。正直結婚適齢期より少し上だということは自分でも理解している。

「駄目よ。あの子たちみたいに結婚なんてどうでもいいなんて言わないでね」

「そうですよね……」

「夕悟とはどうなの？」

「どうとおっしゃられましても……」

久しぶりに会えたのはよかったけれど、ろくに話もできていない。

「もし何か力になれることがあったら言ってね。夕悟は本当にいい子よ。真面目でよく働くし、控えめで無口なところはあまりよくないけれど、夫なんてそれくらいがいいのよ。あの人みたいにお喋りだと疲れる時があるわ」

確かに春日様はいつも何か話しているような気がする。黙っているところを拝見したことがない。

「夕悟は天涯孤独だと聞いたけれど、早く家族ができるといいわ。そうしたらもっと、地に足がついた生き方ができると思うのだけれど」

「え？」

どういうことかしら。

「いいえ、何でも。貴女にその気があるのなら、身分の差なんて関係ないわ。私たちがうまいことやってあげるから」

「ええっと……、はい」

何となく頷くことしかできずにいると、北の御方様は大きなため息を吐いた。

「ああ、あの子たちも早く志摩姫のような、しかるべき姫と結婚して落ち着いてくれないかしら。母として心配だわ」

確かに上級貴族の男性は元服したらすぐに結婚されるのが普通。それなのにご長男の高成様はもう二十三だし、哲成様は二十一。母親としてはとても心配なんだろう。

「そうですよね……」

私が困った声を出したことに気づいた北の御方様は、申し訳なさそうに両手をご自分の前で合わせた。

「ごめんなさい、こんな話を貴女にして。愚痴を言うのが夫しかいないから、つい」

「大丈夫です。いつでもお話しください」

「ありがとう明里さん。貴女は本当にいい子ね。そうそう、早くしないと哲成がうるさいわね。装束を選んでくださる？　実は帝にお会いする時に着るものなの」

「ええっ、そんな大役、私でよろしいのでしょうか……」

「もちろん大丈夫よ。帝や有仁様と装束の話をしたこともあると聞いたわ。是非お願い。まだ時間はあるから、今日全て決めなくてもいいわよ」

以前、内裏に上がらせていただいていた頃のことを思い出す。北の御方様はいろいろとよくご存じだわ。どなたかから聞いた春日様が、北の御方様に話したのかしら。

疑問に思ったけれど、簡単に聞けるものではないと口を噤《つぐ》む。

「ありがとうございます……。ではよろしくお願いします」

華やかな北の御方様に合う装束。考えただけで胸が躍る。

私はその後、北の御方様に沢山の布を当てて、久しぶりに装束選びに没頭できた。

三

「長かったな」

自分の部屋に戻ると、哲成様が不機嫌そうな顔で文机に向かっていた。高成様の姿がないのを見ると、まだご就寝なのかもしれない。

「申し訳ありませんでした。久々に装束のことを沢山考えたので楽しくて、つい」

不満そうな顔をしていたけれど、哲成様はそれ以上何も言わない。

「あの、できれば志摩に会いたいのですが……」

前回会ってからしばらく経ってしまったから、襲の色目の依頼も溜まっているはず。

「言っただろう。却下だと」

「ええっ、なぜですか？　今までお許しくださっていたのに……」

「状況が違う。両親がいるんだ」

「ですが春日様たちは志摩が来ることを歓迎してくださっていましたよね？」

疑問に思ったことを尋ねると、哲成様は目を閉じて、非常に大きなため息を吐く。

「――貴様は言葉にしないとわからないのか」

突然哲成様の声音が落ちて、ピリッとした緊迫感が張り巡らされる。

「え……？　あ、あの」

もしや怒っている？

何か私、不機嫌にさせるようなことを申し上げてしまったのだろうか。

「父上と母上は、俺たちの誰かと志摩を結婚させたいと考えている」

「えっ」

声を上げたけれど、そういえば先ほど北の御方様が、志摩のようなしかるべき姫と、とおっしゃっていたのを思い出す。

初めてお会いした時にも、志摩と三兄弟の誰かをという話をしていた。

「でも、そう思うのは、ご両親からすれば当然だと思います……。皆様のお家柄を考えたら、それが当たり前なのでは？」

志摩は公にはならずとも、帝の妹姫。志摩の気持ちはわからないけれど、都いちと謳われるほど美しいし、《春日家》としてはとてもいいご縁で、何の不満もないはず。

以前、哲成様に「結婚するぞ」と言われたことを思い出して、ほんの少し自嘲する。

私は哲成様にふさわしい姫君ではないし、そのようなお言葉、初めから本気にしていない。

「俺はそうは思わない」

唐突に哲成様が私の腕を強く引く。

目の前が、哲成様が着ていた濃青《こきあお》の衣の色で一杯になる。

青柳《あおやなぎ》という表が濃青、裏が紫の私が選んだ色目。

その色の中に閉じ込められている。

「普通なら重要だと思うかもしれないが、妻の家柄に頼らなくても俺は自分の能力で上に行ける。むしろそんなものに頼るつもりもない」

自信家なのかそうではないのかわからない。でも哲成様のお言葉にはそれをやり遂げてしまいそうなほどの強さがあった。

顎に指を掛けられ、強引に顔を上げさせられると、哲成様の漆黒の瞳の中に私が映っているのが見えた。

哲成様の親指が、つっと私の唇に触れる。

驚いて体が震えるけれど、その指先が離れることはない。

一瞬で熱が全身を駆けまわり、自分がどういう状況にいるのかわからなくなる。

切なげな哲成様の瞳に、自然と息を詰める。

距離が近すぎる。このまま黙っていたらどうなるのかわからない。

でも、突き放すにしても体に力が入らない。

どうしよう。心臓が――。

「明里。俺は明里と――」

「うるさいなあ！　放っておいてよ！」

突然怒鳴り声が響き、慌てて哲成様から離れる。

息を止めていたせいで、苦しい。乱れた髪や衣を直しながら、真っ赤になっているはずの頬を髪で俯いて隠す。

「……悪かった」

哲成様は小声で謝って、立ち上がり部屋から退出する。

その背を髪の隙間から目で追う。

何も起こらなかったら、どうなっていたのかしら。あの言葉の続きは？　もしかして、口づけされていた？

「——っ」

恥ずかしさやら戸惑いを抱えきれなくなって、思わず突っ伏す。

胸の中でいくら尋ねても、想像するばかりで正確な答えは得られない。

ただ一つわかったのは、嫌ではなかった、ということ。

でもだからといって、私は私の立場を忘れてはいけない。そう何度も言い聞かせて、冷静さを取り戻す。

何度か深呼吸して、立ち上がり部屋を出る。すると、幸成様が怒鳴り散らしていた。

「おや、明里殿。お久しぶりですね」

「明里！　久しぶり！」

「えっ、有仁様と志摩⁉」

有仁様は、表が白、裏が淡青《うすあお》の柳の重ねの直衣で、志摩は表が濃紅《こきあか》、裏が紅梅の梅重の狩衣《かりぎぬ》を着ていた。

「志摩は、今日は男装なのね」

久しぶりに志摩の男装を見た。いつ見てもうっとりと眺めてしまうほど、見事な男装だ。

「まあね。思うところがあって」

その言葉に、先ほどの哲成様の言葉を思い出す。もしかして志摩もご両親の思惑を感じ取っているのかしら。

尋ねることはできず、「そっか」と頷くと、哲成様が口を開いた。

「何を喚いていたんだ。とりあえず部屋に入れ。幸成は高成を起こしてこい」

自分で行きなよと喚いていたけれど、幸成様は渋々席を外す。

母屋は春日様たちが使っているから、仕方なく空いている部屋に案内する。

座り込んだ有仁様は苛立っているのか、怖い顔になっている。こんなの初めてだわ。

何かあったのかしら。でも何も話そうとしないところを見ると、全員揃ってから話すということなのかも。

不安になっていると、幸成様が高成様を連れて戻ってきた。私たちは有仁様に促されて車座になった。

「――君たちは一体何を考えているんです！」

有仁様が怒りを爆発させる。

「今は帝の譲位と新帝の即位で非常に忙しいとわかっているでしょう!? それなのに何日も休むなんてどうかしています！ 先ほども幸成を咎めたら、うるさい、放っておけなどと、上司として放っておけるわけがないでしょう！」

やっぱり非常にまずいことになっていた――！

有仁様の尋常ならざる怒りように、ひやひやと肝が冷える。

「だって、新年の儀式が続いて、疲れてさ……」

言い訳をした高成様を、有仁様は強く睨みつける。

「嘘ですね！ 毎年のことではないですか！ 高成はともかく、あの仕事大好き哲成と、何だかんだ真面目な幸成まで一緒に何日も休むだなんて、絶対に何か理由があるはずです！」

「いや別に何も……。ねえ、哲成」

「そうだな。特に何もない。だよな、幸成」

「うん、別に――」

「どうせあの男のことでしょ？ 明里が心配で仕方なくて出仕しないんじゃないの？」

志摩が容赦なく言い放つと、三人とも視線を合わさないように遠くを見ている。

「あの男⁉　どういうことです！　全て話しなさい！」

有仁様が牙を剝く。どうしようかとおろおろする私に、志摩が「巻き込まれて大変ね」と同情の眼差しを向けてきた。

「……はあ。正直に言うよ。僕らの両親が播磨から戻ってきたんだけど、散所随身として夕悟って男が一緒に来たんだよ。そいつが何と明里ちゃんの幼馴染でしかも……」

「しかも？」

「明里ちゃんの初恋の人だって聞いたら、いてもたってもいられないじゃないか！」

「えっ、あいつが明里の初恋の人なの？　幼馴染だとは、護衛についてもらった時に聞いたけど……」

志摩が瞳を輝かせる。そういえば、あの日志摩が帰る時に夕悟と何か話していたけれど、私との関係を聞いていたのか。すると突然、有仁様が身を乗り出した。

「明里殿の初恋の男とは本当なのですか？」

「え、えっと、思い返せば、そうだったかな？　ということです」

「そうだったかな？　って何よ。はっきりしなさいよ」

志摩が呆れたようにため息を吐く。

「当時はそんな、好きだからどうにかなりたいとか考えたことはなかったのよ。ただとても大事な人だったし、いなくなった時はすごく悲しくて落ち込んだの。今思い返せば、憧れの人以上に、そういう初恋めいたものもあったのかな……と思って、打ち明けただけで……」

まさかこんな大ごとになるとは思わなかった。

「でもさ、ちらりとでもそんな気持ちがあったのなら、再会した今、どうなるかわからないじゃないか。僕らが出仕している間に二人で盛り上がったらどうするの。女房を辞めて結婚するので出ていきますなんて言ったら、僕ら死ぬよ。有仁が責任取ってくれるの？　ねえ、どうしてくれるの？」

高成様が唇を尖らせる。

「なぜわたしが責任を……。やれやれ、高成たちの言い分はわかりました。ですが休んでいい理由にはなりません。明日は必ず出仕してください。休んでいた分働いてもらいますから！」

「ええーっ絶対無理！　明里ちゃんを監視させてよ！」

やっぱりあれは監視だったのか。はっきりと監視という言葉を聞いて、思わずがくりと肩を落とす。

「……ならばこうしましょう。またしばらく明里殿は内裏で生活すればいいのです」

「だっ、内裏にまた……⁉　そんな駄目ですよ！　以前伺った時は緊急事態であって、今は違います……！　私は内裏に上がれるような身分ではありませんし……」

「有仁、すごくいい案だね」

「ああ。それが一番安心だ」

「うん、そうしよう」

私の言葉は完全に無視で、三兄弟は有仁様と話を進める。

「無理です、絶対に無理！」

「また帝に話を通しますよ。今は女房たちも猫の手も借りたいほど忙しいので、明里殿がいらしてくだされば、戦力になります。それに志摩も明里殿に会いたいと連日大騒ぎしておりますので、ちょうどよいかと」

有仁様が私の言葉を封じ込めるように、にっこり笑む。

「ただ、今は譲位の儀式まで時間がそれほどありません。今明里殿が来ても後宮もばたばたしていてお相手できないかもしれませんから、譲位が無事に終わってからにいたしましょう」

「譲位の儀式は一体いつ行われるんですか？」

「睦月二十八日ですから、あと五日ほどですね」

「えっ、そんな時にお休みするなんて……！」

愕然として思わず三兄弟に目を向けると、全員私と目を合わそうとしない。

「あの……、明日からは絶対に出仕してくださいね！　そうでなければ私、本気で怒りますから！」

思わず目を吊り上げると、三人とも小声で「わかりました……」と同意する。

譲位の儀式があるとは聞いてはいたけれど、三人がどの程度関わっているのかわからず、大丈夫、という言葉を鵜呑《うの》みにしてしまっていた。

「申し訳ありません有仁様、主たちを管理できなかった私の責任です」

私にも非があると頭を下げると、有仁様は持っていた扇で自分の額を軽く叩いて、刻まれた眉間の皺を消す。

「女房に謝らせるとは、残念な主たちですね。貴方がたが真面目に出仕しないと、明里殿が悲しみます。それを忘れないように」

「わ、悪かったよ……。ごめんね明里ちゃん」

「す、すまなかった」

「ごめん……」

「私こそ、申し訳ありませんでした。私も一人でおりましても約束は守ります。ただ夕悟と仕事で話すことは仕方ないことだと思って、お許しください」

元々私が夕悟と話さないという約束を破ったから、どうにもおかしな方向に進んでしまったというのはわかっている。私のせいだ。

「明里ちゃん……！　本当にごめんね！」

高成様に強く抱きしめられて、背が軋《きし》む。

「た、高成様、苦し……」

離してと、私に巻きつく腕を叩くと、勢いよく高成様が引き剝がされる。哲成様と幸成様が高成様を摑んで引き倒し、高成様は後ろに倒れ込んでいた。

「……貴方たちって、一歩間違えばただの馬鹿よね。いえ、間違えなくても馬鹿」

志摩が三兄弟に冷ややかな目を向けている。有仁様も頭痛がすると頭を扇で擦っている。

「志摩、主の立場を利用して職権乱用を繰り返す馬鹿だとはっきり言ってはいけません」

「あたし、そこまで言ってないけどね」

有仁様と志摩のやり取りについ笑ってしまう。

「あーはいはい。どうとでも言えば？　僕は恋に落ちたら人は愚かになるものだと思っているし。ねー、明里ちゃん？」

高成様に同意を求められて、「は、はい？」と変な声が出る。

「これ以上明里に絡むのはやめて。あたしは明里と話があるんだから、貴方たちはさっさと出ていってよ」

しっしっ、と、志摩は手で皆様を追いやる。

「別にここにいてもいいだろう。どうせ志摩の話は装束の話なんだろうから」

淡々と言った哲成様に、志摩は目を吊り上げる。

「うるさいわね。いちいち話に割り込んでこないでよ」

露骨に舌打ちした志摩に、哲成様はムッと眉を顰める。

何となく思っていたけれど、志摩と哲成様はどうにも合わないみたいだ。

火花が散りそうな気がして、慌てて志摩に話しかける。

「それで、一体何の話？」

「……実はまた葛姫から文が届いたのよ」

「葛姫？」

それって赤を主体にした襲の色目を考えてほしいという依頼をしてくるあの姫君の

ことかしら。

「ええ。また赤を主体にした襲の色目を考えてって。これで三度目よ」

三度目。私たちが考える色目が気に入らないのなら、頼んでこなければいいだけの話。なのに、三回も同じく赤を主体にした色目で指定してくる。

ざわりと心が揺らぐ。

何かおかしいような——。

「何、その葛姫の依頼って」

幸成様が私の袂を引いた振動で我に返る。

「はい、実は年が明けたくらいから、赤を主体にした襲の色目を考えてほしいと私たちに依頼が来るんです。全く同じ依頼で、実は今回で三度目です」

「そうなの。でも今回は赤を主体にした襲の色目は同じだけど、色目の中に鈍色《にびいろ》を入れてほしいって指定つき」

志摩が手に持った文を揺らす。さっと一気に血の気が引く。

鈍色——。

「——凶色《きょうしょく》」

呟くと、全員の目が私に向く。

「ええ。鈍色は濃い灰色のことよ」

「それって、喪の色じゃないか」

　高成様が声を上げると、部屋の中がしんと静まる。

「そうよ。喪の色。姫君が纏う襲の色目に、赤と一緒に鈍色を入れてほしいなんて、普通考えられないわ。現にそんな色目なんて存在しないし」

　ぞわぞわと、心の表面を無遠慮に撫でられたような悪寒が走る。

　赤は血の色だ。そして鈍色は喪の色。

　嫌な予感しかしない。

「あの……、これは何かの警告でしょうか……」

「そうかも。あたしもまた兄上への警告かなって考えてた。もうすぐ譲位があるし、それに何か関係があるとか……。敵が多すぎるわ」

　志摩ががっくりと肩を落とす。

「待て。主上の命を狙う警告だとしたらおかしい」

　哲成様が静かな声音で取り乱す私たちを諫《いさ》める。

「そうだね。もし主上絡みだとしたら、前回のように直接帝に警告するよね。でも帝ではなく、臣下である有仁や僕らでもなく、君たちに向けて送られた文だ」

高成様のお言葉に志摩と顔を見合わせる。確かに私たち宛ての文。そう思うと帝への警告とは考えにくいかも。

「もちろん志摩姫の女房としての立場を考えたら、帝へ話が伝わることは想定できるけど、遠回りすぎるよ」

志摩は内裏では帝の后《きさき》の女房として生活している。

「確かに。帝を襲うだなんて大それたことを計画して、それをあらかじめ誰かに言う？　オレだったら絶対に誰にも言わずに実行するよ」

幸成様が呆れたように笑う。私もその通りだと思う。

前回は、謎を解くこと自体が目的だった。だから何度も文を送って、謎を解く手がかりを教えて、愉快犯のようなことをした。でも、今回は——？

「……では、この文は一体何を言いたいのでしょうか」

愉快犯でもなく、警告でもなく、だとしたら……。

「それはこれを送ってくるその葛姫に直接聞いたほうが早いんじゃない？　返信はどうしているの？」

「以前の二通は返事を書いて下女に渡したわ。その後誰かが持って行ってくれたと思う。その時に何かおかしなことがあったとか、特別な報告は誰からも受けていないわ。

しばらくすると葛姫から再依頼の文が届くから、その二通の返事も普通に葛姫の手元に届いていると思っていたの。だから他の依頼の文と同じように、返信先や葛姫のことは今まで特に気にしていなかったわ」

「そうか。場所はわかる？」

高成様が尋ねると、志摩は「たしか……」と呟く。

「返信先は平安京を出た、伏見稲荷大社のさらに南みたいだけど」

「あの辺りに、葛姫なんて姫君いたかな……」

「さあ、聞いたことがありませんが」

ううんと唸《うな》って、高成様と有仁様が首を傾げる。

その様子を幸成様が嫌悪感を隠さずに眺めていた。

「……ねえ、高成と有仁って、本気で都中の姫君を網羅しているの？」

「もちろん。ただあまり遠いと何度も通う気が失《う》せるから、名前だけ知ってるとかだけどね。明里ちゃんはあまりに辺鄙な場所に住んでいたから全然知らなかったけれど」

胸を張る高成様から、幸成様と志摩が距離を取ろうとしている。

二人とも高成様を見る目が冷たい。

「返信先がわかっているなら行ってみようか？　気になるでしょ」

高成様の提案に、お願いします、と言おうとしたけれど、その前に有仁様が怒った声を上げる。

「今はやめてください！　伏見のさらに南だなんて、牛車で行って帰ってきたら一日は掛かります。明日から山のように仕事をこなしてもらうと言ったでしょう⁉」

「ご、ごめん……。一段落してからにするよ」

何とか有仁様をなだめる高成様が、「そうだ！」と声を上げる。

「返事を送る時にうちの雑仕に行かせて、場所や葛姫をしっかり確認させよう。それならいいでしょ？」

「それは構いませんが……」

「決まり。とりあえずしばらくは譲位の準備に向けて仕事を頑張るよ。もちろん帝にもこの話をして、念のため気をつけてもらおう。僕らも何かおかしいことに気づいたら協力して敵を見つけ出そうね。そして譲位の儀式が終わったら本腰入れて調べてみよう」

高成様は皆に向けててきぱきと指示を出す。やはりご長男ということもあって、段取りをつけることは本当に上手。

　そして高成様は私を安心させるようににっこり明るい笑顔を向けてくれる。

「ありがとうございます。あまりご無理なさらないでくださいね」

「大丈夫。僕は明里ちゃんがいてくれたら、それだけで元気になれるから」

　ぎゅっと強く両手をその大きな手で握られる。

　女性が大好きで、物事に深入りせずふわりと優雅に世間を渡り歩いているように見えるけれど、本当は誰よりも真剣になってくれて頼りがいがすごくある。

　茶化している高成様が本物なのか、それとも、どこか冷たい目をする高成様が本物なのか、私にはまだよくわからないけれど、それでもどちらも高成様なのは確か。

「……頼りになります。高成様」

　笑みを返すと、高成様ははにかむように笑った。

　これが素の高成様なのだと思いたくて、私はその笑みを忘れないようにしばらくじっと見つめていた。

第三章　遭難──そうなん──

一

「ええっ、明里さんをしばらく内裏に⁉」

春日様と北の御方様が、のけぞるように驚く。全く同じ反応をされるので、本当に仲がいいんだなあと思って見ていると、一気に詰め寄られた。

「内裏に行くだなんて、そんな！　屋敷にいてちょうだい！」

「そうだぞ！　内裏など恐ろしい場所だ！　心配になるから屋敷にいてくれ！」

猛烈に反対されて、言葉も出ずにただ瞼《まぶた》を開け閉めすることしかできなくなる。

「明里ちゃんが怯えているからやめて」

高成様がべりっと私をご両親から引き離す。

「先日譲位の儀が滞りなく終わったが、今度はすぐに即位の儀がある。有仁から準備で忙しいから手を貸してくれと頼まれた」

哲成様が説明すると、ご両親は顔を見合わせて「有仁様の頼みでは……」と、扇の陰でこそこそ話している。

哲成様のおっしゃる通り、譲位の儀式は滞りなく終わったそうだ。

もちろん私は参加できないし、三兄弟からお話を聞いただけだけれど、不穏なことも起こらず、無事に全て終わったらしい。

これで帝は退位し上皇陛下になられて、代わりに皇子が崇徳帝《すとくてい》となる。

その即位の儀式が行われるのが、如月《きさらぎ》（旧暦二月）の十九日だ。

それまで約二十日。

以前北の御方様から、譲位が終わって落ち着いてから上皇陛下にご挨拶に伺い、そして即位の儀式が終わったら今度は新帝にご挨拶をし、播磨に帰ると聞いた。

「一応、オレたちと一緒に出仕して、帰りはオレたちの誰かと一緒に帰ってくるよ」

「はい。内裏で生活するわけではございません。あくまでお手伝いですから」

私と幸成様がご説明しても、ご両親はさらに小声で何かを話し合っている。ご両親の持つ扇で口元が見えず、何を話しているのかわからないけれど、嫌な予感がする。

「……そう。それは寂しいけれど、しょうがないわね。でもね、明里さんは他家からお預かりしている姫君よ。道中何かあっては困るでしょう？」

「そうだな、鷹栖殿の一人娘だ。取り返しのつかないことが起こったら大変だ！」

演技だと言わずともわかるような大仰な春日様の仕草を、高成様は冷めた目で見ている。

「で？　だから何だっていうの？」

苛立ったように高成様が声を掛けると、春日様が何かひらめいたように手を打つ。

「そうだ！　夕悟を明里殿の護衛につけよう！」

思わず驚いて、声を上げないように袂で口元を強く押さえる。

夕悟を私の護衛に……？

有仁様に怒られてから、私たちの間では何となく夕悟のことを口にするのは憚《はばか》られていた。おかしな空気になるのはわかっていたし、変に拗れてもと、お互いあえて話題に出さなかった。

それなのに……。ちらりと周囲を見回すと、三人とものすごく不満そうな顔で大きなため息を吐く。

「なぜそこであいつが出てくるんだ……」

静かに怒っている哲成様が口火を切る。

「そうだよ！　護衛なんて僕がいる限りいらないから」

「同意。高成に任せておけば、何も起こらないよ」

やれやれとご両親は肩を竦《すく》める。

「高成一人で守り切れるの？　どうせ哲成と幸成も一緒に行くんでしょ？　明里さん一人ならともかく、一人で三人守れるの？」

「僕を見くびらないでくれる？　そんなの朝飯前なんだけど」

「高成は春日家の長男なんだぞ？　そなた自身が怪我をしたらどうする」

「別に怪我したっていいよ。優秀な弟が二人いるんだし、春日家は安泰でしょ」

「やめて。高成はいつもそう。駄目よ、自分を大事にしなくては」

北の御方様が、悲し気に眉尻を下げる。

いつもそう、という言葉が胸に引っかかるけれど、今尋ねることではないと言葉を飲み込む。

「とにかく、先ほども言った通り、大事な一人娘を預かっているんだ。夕悟を護衛につけない限り、内裏へ行くことは反対するからな！」

春日様に押し切られて、三兄弟は渋々頷いた。

本当に渋々だったけれど。

「何で抵抗してくれなかったのさ！　援護してよ！」

「あれは無理だ。鷹栖殿のことを考えたら論破できん」

「うん。明里に何かあったら困るし……」

「でもだからといって――」

言い合っている三人の背後の御簾に、影が掛かる。そっと覗くと、雑仕の一人が膝をついていた。

「明里様、ご兄弟様はいらっしゃいますでしょうか」

「はい、おります。――皆様、雑仕の方がまいっております」

御簾を上げると、雑仕が頭を下げる。

「ただいま戻りました」

「ありがとう。で、どうだった？　葛姫はいた？」

高成様が尋ねると、雑仕は顔を上げた。

もしかして、葛姫への返信を届けてくれた方なのかしら。

「いえ、おりませんでした。指定の場所に行きましたが、廃墟《はいきょ》しかなく人が住んでいるようには見えませんでした。周囲も人けがない寂しい場所です。念のため後で地図を書いておきますので、出来上がりましたら高成様のお部屋にお届けいたします」

やはり。息を吐いて背を丸める。葛姫について何かわかるかもしれないと期待していたから、落胆が激しい。志摩にも返信先の現状について伝えておかないと。

「ねえ、こちらから持っていった文はどうしたの？」

「戸が開いておりましたので覗き込むと、廃墟にそぐわない漆塗りの箱が置かれておりました。中には文のような紙の束が何通か入っておりましたので、そこに一緒に入れておきました」

「文のような束？」

「はい。私は文字が読めませんので、中は見ておりません。畳み方から文だろうと判断し、とりあえずそこに入れておきました。まずかったでしょうか……？」

「いいえ、大丈夫ですよ。私信などは書かず、襲の色目を書いただけですので、届かなければ葛姫から催促されるでしょうし、その際にもう一度書けばいいだけです」

困った顔をした雑仕にそう告げると、ほっとした表情になった。

「わざわざ遠くまで行ってくれてありがとう。下がっていいよ」

高成様が笑むと、雑仕は深く頭を下げて、その場から去っていった。

訪れた静寂の中、落胆が重くのしかかる。

やはり、葛姫は存在しない……？

「思ったんだけど、もしかしたら明里たちの考える色目には意味がないのかも」

そう言った幸成様が、「気を悪くしないでよ」と気遣ってくれる。

「どういうことですか？」

尋ねると、幸成様が苦い顔をする。

「漆塗りの箱なんて、そこそこ値が張るものだ。それが廃墟に置いてあるだなんて、誰かが来たら、持っていってくださいと言っているようなものでしょ。こちらからの返事がいつ届くかもわからないのにその箱を放置しているだなんて、文に何て書かれていようとどうでもいいって言っているようなものじゃないの？」

文のやり取りのために置いた箱だとしても、それはいつ盗まれて消えるかわからない箱。せっかく届いた返事を読む前に、箱ごとなくなってしまうかもしれない。

雑仕が簡単に入れるということは、誰でも入れるような場所。そんな所に置いてあるのがいい証拠。

「返信には……、意味がないということですか……」

呟くと、幸成様が頷く。

「恐らく、相手が明里たちに送ることに意味があるんだよ。あの文は初めから返事なんて期待していない。一方的に何かを伝えたがっている文だ」

「ではやはり警告……？　帝ではなく、単純に私と志摩への警告でしょうか？」

言葉にしたら、ぞっと背筋に冷たいものが駆け上がる。

どういうこと？　私たちに何を伝えたいの？

「《赤》と《鈍色》というだけしか手がかりはありません。それで、何を……」

考える手札がまるでない。

「明里ちゃんと志摩姫への警告だとしたら、何があるの？　考えた襲の色目がよくなくて、それで逆恨み？　でもこんな手の込んだことするかなあ」

「明里はともかく、志摩はあり得るな。先帝の妹姫だということは限られた者しか知らないが、どこかで漏れて、命を狙われているとか——」

さあっと血の気が引く。哲成様のおっしゃる通り、志摩は先帝の妹姫で非常に可愛がられている。直接先帝に手を出せなくても、志摩を狙えばその御心を大きく揺さぶることができる。

最悪の事態を想像して、指先が小刻みに震えた。震えを押し込めるように、自分の衣をぎゅっと強く握る。高成様は、眉を顰めたまま口を開く。

「あり得るね。志摩姫が内裏にいる分には身の安全は図られると思ったけれど、よく考えたらその文は内裏の志摩姫のもとに届くんだもんね。外から届くように見せかけて、内部の誰かが文を忍び込ませることもできるだろうし、内裏も安全とはいえないかもしれない」

「どうしましょう……、志摩に何かあったら私……！」

自分の口から漏れた声は、半ば悲鳴になった。

「明里、落ち着け。ただの推論だ」

「ですが……！」

「こういう最悪の場合もあるということだ。安全ではないが、内裏は大勢の目がある。志摩が内裏の外でふらふらしている時のほうがよっぽど危ない」

確かに志摩一人で生活しているわけではない。大勢の女房たちがいるし、その全員が志摩の命を狙っているわけではない。それはわかっているけれど——！

隣にいた高成様が私を安心させるように、背を擦ってくれる。

「すぐに有仁に伝えて、志摩姫にも話しておくように僕からお願いするよ」

「お願いします！　あの、私早く内裏に行きたいのですが……！」

「気持ちはわかるけれど、今はまだ譲位がすんだばかりで慌ただしいんだ。先帝の許可なく内裏には入れないよ。なるべく早く行きたいとも伝えておくから、心配だろうけれど、少し待っていて」

高成様は小さな子供にするように、私の頭を優しく撫でる。その手つきで、逸《はや》る心が徐々に落ち着く。内裏に上がるには、私の身分が低すぎる。本来ならどうしたって無理だとよくわかっているのに、恐怖が冷静さを奪っていた。

「はい……。そうですよね。取り乱しまして申し訳ありませんでした」

「平気だよ。それだけ明里ちゃんにとって志摩姫は大事な友人なんだろうね。僕らも内裏のことを探ってみるし、志摩姫にはなるべく一人にならないように伝えておくよ」

「ありがとうございます……」

ぎゅっと自分の胸の前で震える両手を握りしめる。

不安が増大していく。赤い闇が広がって、私を飲み込んでいくようだった。


「明里ちゃん、とりあえず志摩姫は一旦有仁の屋敷に移ることになったって」

「えっ、有仁様のお屋敷に!?」

翌日、高成様がお戻りになった途端、おいでと部屋に招き入れてくれた。

「うん。先帝と有仁が心配して、しばらく有仁の屋敷に留まることになったみたい。一応春日家でもいいって言ってみたけど、うちの両親がいるし、護衛も少ないから、やっぱり有仁のところになったんだ。なるべく明里ちゃんと一緒にいさせてあげたかったんだけどごめんね」

「高成様……、お心遣い、誠にありがとうございます」

感激してじわりと目元が熱くなる。

「有仁のところなら、内裏からも近くて警備もしっかりしているし、何の心配もないよ。明里ちゃんも僕らと一緒に内裏に行くって話だったけど、内裏じゃなくて日中は有仁の屋敷にいてよ」

「有仁様のお屋敷に、私までお世話になってしまってよろしいのでしょうか？」

「有仁は、志摩姫のいい話し相手になって逆に助かるから是非来てほしいって」

その言葉に、口元が綻ぶ。

「よかった。笑ったね」

ほっとしたように息を吐いて、屈託なく微笑んだ高成様を前にしたら、恥ずかしくなって顔を伏せる。

たまにこの御方は、邪気のない笑みを振りまく。

いつもの艶のある笑みではなく、もっと澄んだ笑み。

それが高成様本来の笑顔に思える。

「志摩姫は、明日準備して明後日《あさって》有仁の屋敷に移動するそうだから、明里ちゃんも明後日から行こうか。有仁に伝えておくよ」

「はい。承知しました。ありがとうございます」

「あまり思い詰めないようにね。明里ちゃんは一人じゃないんだから。僕らがいるって忘れないで」

目元を緩める高成様に引き込まれて、つい見つめてしまう。

優しくて、気が利いて、頼りがいがあって、強くて、恐らくその腕の中にいたら、すごく大事にしてくださって、とことん甘やかしてくれる。高成様は、姫君が求めるもの全てを持ち合わせている。

でも、どうして言葉とは裏腹に、そんなに寂しそうな顔で笑うのかしら――。

「高成様も、お一人ではないですよ」

呟いた私に、高成様は「え？」と目を瞬く。

「私も、哲成様も、幸成様も、皆、高成様の味方です。忘れないでください」

高成様は壁を築くのが得意だ。

初めは何の壁もないように振る舞うくせに、ある一定の距離を超えると、分厚い壁があることに気づく。

笑顔で武装し、甘い言葉に溺れさせて真意から遠ざける。

それでもたまに壁の向こうから本来の高成様が顔を出しては、寂しそうにこちらを見ている。

近づくとすぐに隠れ、そうしてまた《周りが望む高成様》を演じてみせるのだ。

「どんな高成様でも、私は高成様の味方です」

高成様は私から少し身を引く。

ほら、また隠れようとしている。——待って。

代わりに私が身を乗り出そうとしたのに気づいたのか、高成様が私の肩を摑んで押しとどめた。

「……ありがとう。嬉しいよ、明里ちゃん」

へらりと笑った高成様に、完全に壁を作られて逃げられたと知る。

私はまだその心に触れられるほど、高成様と信頼関係は築けていない。

「……いえ。あの、では夕餉《ゆうげ》の支度を見てまいりますね」

「うん。よろしくね」

高成様の手が離れ、私は立ち上がって足早に部屋から退出する。

まだ足を踏み入れてはいけなかった。

ただ私は高成様を支えたかっただけなのだけれど、結局は傲慢で自分勝手な思いだったのかもしれない。

本人がよしとしているのなら、気づいていないふりをするべきだった。

やるせなさや、情けなさが次々に湧いてきて、しばらくの間、心のざわめきを消すことができなかった。

二

「——あら、自分で言うのも何だけど、すごく素敵じゃないかしら。ねえ、見て貴方」

北の御方様が、春日様の前で纏った装束を見せている。

「ほう。とても良いな。そなたに似合っている。明里殿これはなんという襲なのか」

「はい、松重《まつがさね》です」

松重は、一番下に着る単が紅。その上に着る五衣は上から蘇芳、淡蘇芳《うすすおう》、萌黄、淡《うす》萌黄《もえぎ》、より淡い淡萌黄。そして表着は萌黄の黄緑。一番上に着ている小袿《こうちぎ》は蘇芳だ。

松重は四季通用の襲の色目で祝《いわい》に着る。先帝にお会いする、という特別な場だけれど、春日様と北の御方様、そして先帝である鳥羽院と側近の方の数名しかいないらしく、内輪の会だからそこまでかしこまらなくていいと言われたそうだ。それでもと、なるべく失礼のないように装束を選ばせていただいた。

「それにしても重いわ……。久しぶりにしっかり着たけれど、全く動けないし辛い……。正直装束って嫌いよ」

北の御方様は、立っているのも精一杯と早々に座り込む。

沢山の衣を重ねるせいか、とても重い。北の御方様は普段屋敷にいる時は、五衣を省き、小袿と単だけで過ごされている。寒い時は着込むことよりも火鉢を何個も傍に置くらしい。

小袿は表地と裏地の間に幅の狭い平絹を一枚挟んで三枚重ねたように見える仕立てをしたもので、元々襲の色目になっていてとても便利なものなのだ。お世話される立場の姫君たちは、このような姿をされることも多いと志摩から聞いた。

ただ、やはり襲の色目の醍醐味《だいごみ》は五衣の色目の美しさだと思っている私からすると、すごくもったいない。

特にこの季節は、襲の色目を一番楽しめる季節であるのに。

「北の御方様は、元々とても華やかな御方ですから、落ち着いた色目でもとても映えると思います」

赤系統でも紫がかった、渋みのある蘇芳が一番前面に出ていると落ち着いた色目に見えるけれど、差し色の萌黄の黄緑が全体を引き締め、北の御方様の華やかさを増す。

本当は鮮烈な濃紅を小袿に持ってこようかと思ったが、それではただひたすらお顔も衣も派手な印象になってしまう。北の御方様自身を引き立てるためには、落ち着いた色目と、鮮やかな紅を口元に引いてもらうのがいいように思う。

「明里殿に選んでもらってよかった。以前私たちが先帝にお会いした時には、装束をご覧になって苦い顔をされたものだなあ」

先帝である鳥羽院は、装束に並々ならぬ愛情をお持ちだ。

それは少し前に内裏で働かせていただいた時に、ご本人から教えてもらった。

「今回は逆に褒められるわよ。楽しみね！」

「そうだな！ さて、明里殿は有仁様の屋敷に行くと聞いているが……」

「はい。この後、皆様と共に有仁様の屋敷に伺わせていただく予定です」

「そうか。気をつけて行くのだぞ」

「ありがとうございます。春日様と北の御方様もお気をつけて。あの、今日はご兄弟もご一緒なので、夕悟は私たちの護衛ではなく、春日様の護衛についたほうがよろしいのではないでしょうか？」

尋ねると、春日様は首を勢いよく横に振る。

「いやいや、気にするな。そんなことをしたら……」

「貴方、黙って。──大丈夫よ。夕悟以外にも随身はいるし、気にしないで」

「えっと……」

「ほら、早く行かないと！　皆が待っているわ。朝早くからごめんなさいね」

北の御方様は、私を部屋から追い出す。

何か腑《ふ》に落ちないものを感じながらも、それ以上どうすることもできず、私も自分の支度に向かった。


「──明里、行くぞ」

「はい。遅くなりまして失礼しました」

哲成様に促されて縁に出ると、すでに牛車の準備は整っていた。

そして牛車の前に、夕悟が立っている。

久しぶりに顔を見たような気がする。同じ敷地内で生活しているといっても、夕悟は別棟で暮らしているし、三兄弟の妨害などがあって、すれ違うこともなかった。

目が合って、小さく会釈する。

その途端に、傍にいた哲成様が何か不穏な空気を纏っていることに気づく。顔を上げると、哲成様が苛立った顔で私を見下ろしていた。

「あ、あの。さすがに無視はできませんから……！」

「……まあ、そうだな」

哲成様は苛立ちを吐き出すように大きなため息を吐く。哲成様はご理解があってよかった。ほっとして哲成様と一緒に牛車に乗り込むと、ゆったりと動き出した。

「あの、高成様と幸成様はどちらに……」

「前の牛車だ。四人乗れるが、明里の装束を考えると窮屈だろうと、二手に分かれることにした。今日は俺が明里と共に乗ることになった」

そういえばこの牛車の前に、もう一台牛車が停《と》まっていたのを思い出す。夕悟がいたからあまりよく見ていなかったわ。

「お気遣い感謝します。夕悟は高成様と幸成様の牛車に乗っているのですか？」

尋ねると哲成様は微妙な顔をする。

「夕悟は護衛だぞ。一緒に乗ったら外からの危険に対応できないだろ。牛車を先導して歩き、周囲に目を配っているはずだ」

確かにそうだ。それに身分の差があるから皆様と同じ牛車に乗り込むなんてもっての外だった。

でもそのことを言わなかった哲成様は、恐らく気遣ってくださったんだと思う。実際は私だって、こうやってご一緒できるような身分ではないし……。

哲成様は冷たい御方だと思われることが多いようだけれど、実際はとても優しい御方だわ。

「そうでしたか。でもなぜあんなにも春日様たちは夕悟を護衛につけようとしてくださったのでしょうか」

ふいに疑問に思っていたことを口にすると、哲成様は呆れたように私を見る。

「何だ。気づいていなかったのか。父上たちは明里が内裏に行くことになれば、明里と夕悟の接点がどこにもなくなると思って、苦し紛れに護衛にねじ込んだんだろう」

私と夕悟の接点。考えてもみなかったことに、ぽかんと口を開けてしまう。

そうか。私が外に出れば、夕悟と偶然屋敷の中で会うこともなくなる。

「まさかそんなことで……」

夕悟にものすごく申し訳なくなる。

急に仕事を変更して護衛の任に就くだなんて、夕悟も大変だろうに。

肩を落とした私を見て、哲成様も苦笑している。

そういえば、哲成様と二人きりになると、この間のことを思い出してしまう。

あれに一体どんな言葉が続くのか、あまり考えないようにしていた。

でも、こんなに近くにいるとあの時のことがどうしても頭に浮かんできてしまう。

《明里。俺は明里と――》

「――明里」

「はっ、はい！」

素っ頓狂な声を上げ、必要以上に身構えた私に、哲成様は目を丸くした。

「……どうした。明日は寒くなりそうだから、もう一枚衣を重ねたいと言ったのがそんなに驚くことか？」

「えっ⁉ す、すみません、考え事をして全然聞いていなくて……」

「大丈夫か？ 不安なのはわかるがあまり気にするな」

「ふ、不安というわけではなく……」

「では何だ」

その鋭い目が逃げ場をなくすように追ってくる。哲成様の前で嘘を吐いてもすぐに露見する。真実を話さないといつまでも許してくれないと、私はすでに知っていた。

「哲成様と二人きりだと、き、緊張して胸が苦しくて……」

さっきから鼓動が慌ただしい。

俯きながらぼそぼそと呟くと、牛車の中にしんとした静寂が満ちた。

恐る恐る顔を上げると、哲成様が両手で自分の顔を覆っていた。

「あの……、哲成様？」

「見るな」

「え、あの」

「見るな。俺は今猛烈に感動している」

「感動？」

どういうことなのかと気になって身を乗り出すと、哲成様の唇が弧を描いて笑んでいることに気づく。

「明里は俺のことを、三人いる主のうちの一人だとしか見ていないと思っていた。だが明里が俺を一人の男として意識してくれていると知ったら、感動するだろう」

一人の男性として――。

「そ、そんな畏れ多いです！　私、そんなこと――」

「思っていないと？」

パシッと乾いた音がして手首を掴まれ、身を引けなくなる。じわりと伝わる哲成様の熱に、心臓がざわめく。自分の鼓動が耳元で鳴っていてうるさい。

「俺は明里をただの女房の一人だなんて思っていない」

驚いて上げた目に、真剣な哲成様の顔が映る。

薄紅を刷《は》いたように淡く赤に染まる頬に、漆黒の瞳。陶器のような青味掛かった白い肌。

一気に引き込まれて目が離せなくなる。

「主だとか主従関係だとか抜きにして、俺という人間を見てくれ。高成や幸成、夕悟ではなく、俺を見ろ」

哲成様のお言葉が、まるで呪文のように心に刻み込まれる。

そっと哲成様の指先が私の頬に触れた。

主ではなく、一人の男性として見るだなんて、それ以上難しいことはない。

本来なら私は下級貴族の娘で、春日家の皆様とは同じ貴族でも天と地との差がある。

——しかるべき姫と結婚して落ち着いてくれないかしら。

傾きかけた心を押しとどめるように、北の御方様の声が耳元で鳴った。

哲成様のお言葉にさらに一歩踏み込めないのは、私が《しかるべき姫》ではないと、自分が一番よくわかっているから。

浮遊する心を突き落とすように悲しみが襲ってくる。

どう返事をすればいいか迷っていると、突然牛車が大きく揺れた。

牛車に付き添っていた牛飼いの童たちの甲高い叫び声が、牛車の中に飛び込んできた。

「明里……！」

牛車の揺れで倒れ込みそうになった私を、哲成様が受け止めてくれる。

恐怖でぎゅっと瞼を強く閉じると、沢山の足音が牛車の周囲を駆け巡って、誰かに取り囲まれたのがわかった。

哲成様は一切揺らぐことなく、震える私を強い腕で支えてくれていた。

「一体、何が……」

「明里はここから出るな。いいな？」

「は、はい……」

頷くと、哲成様は牛車から降りていく。支えてくれていた人がいなくなって、急激に心細くなる。

何か言い合っている声が聞こえ、簾《すだれ》の隙間から外を覗くと、血の気が引いた。

「――君たちは、一体誰？」

高成様の声が響く。すでに刀を抜き、構えている。

高成様の前には、二十人ほどの屈強な男性たちが問いに答えずにやにや笑っていた。

「加勢します」

夕悟も刀を抜き、高成様の隣に立つ。

それでも多勢に無勢なのは、誰が見てもわかった。どれだけ高成様や夕悟が剣の道に通じていようと、人数で押し切られてしまう。

「ねえ、君たちは誰だと聞いているんだけど」

「……答えるわけねえだろ。まあ一つ言っておけば、おれたちは特にあんたたちに恨みなんてないってことだな」

ぎゃはははは、と一斉に笑いが起こる。高成様は少し考えて、突然剣を下ろした。

「恨みはないってことは、君たちは誰かに雇われてこんなことをしているってことだね。そして僕らを全員殺す、ということが目的ではないと思っていいかな」

そう言った高成様に、男たちはおかしな顔をする。

「何でそう思った？」

「殺すならさっさとやるよね。こんな談笑している暇があったら斬りかかってくるはずだと思ったんだけど」

「なるほどな。まああんたが言った通りだ。おれたちと一緒に来てもらいたいってことだよ。おれたちだって、むやみやたらに血を見たいわけじゃないんだ。こっちの言う通りにしてもらえるなら、それに越したことはねえよ」

高成様は、哲成様と幸成様に目を向ける。二人は頷いて同意を示す。

「わかった。ただ、牛車には姫君が乗っている。彼女に手荒な真似《まね》をしたら、──全員殺す」

殺す、と告げた高成様の声は、聞いたこともないほど冷え切っていた。

思わずぶるりと身震いする。

彼らも本気だと感じ取ったようで、特に反論もせず「元々女が乗っているのは知っている。何もしねえよ。約束だ」と頷いた。

三

揺れる牛車の中で、簾の隙間からぼんやりと茜色《あかねいろ》に染まった空を眺める。

誘拐されてから、大分時間が経った。

朝早い時間に春日家の屋敷を出たのに、もう夕暮れが訪れている。

賊に「女は人質だ。男と一緒に脱走されたら面倒だから一人で乗せろ。あんたらが逃げたり、抵抗したら女を殺す」と言われ、哲成様と夕悟は高成様と幸成様の牛車に押し込まれて、私は牛車の中で一人きりだった。それでも牛飼いの童たちが解放されたのは幸いだろう。時間は掛かるかもしれないけれど、助けを呼んでくれるはず。

一体どこまで行くのかしら。牛車は止まることなくひたすら進む。

ふと気が緩むと、悪いことばかり考えてしまう。

やはりあの赤の襲を指定してくる文は警告だったのかもしれない。

『――元々女が乗っているのは知っている』

女性が牛車に乗っている時、下簾《したすだれ》という裂《きれ》を簾の内側に掛けて外に向かって垂らすけれど、今日は哲成様とご一緒だったから特に下簾を垂らしていない。

わざと衣を牛車の外に出す出衣《いだしぎぬ》もしていなかった。

女車ではなく男性が乗る牛車。外から見たら、女が乗っているなんてわからないはず。それなのにそう言ったのは、私が牛車に乗っていることを知っていての犯行。

狙われていたのは志摩ではなく本当は私だとしたら、彼らの目的は一体……。

今すぐ答えが得られるものではないのに、当てのない質問がぐるぐる頭を回る。

「……皆様は大丈夫なのかしら」

呟いてみても、返事が返ってくることはない。不安に駆られて、膝を抱えて現実を拒絶するように目を閉じる。

乗っているだけといっても、疲労が溜まる。牛だって歩き通しで大丈夫なのかしら。そんな心配をしていると、急に牛車が止まった。

「おい！　降りろ！」

「はっ、はい！」

突然牛車の降り口に掛けられている簾が跳ね上げられ、見知らぬ男の人が私を見た。そしてなぜかとても微妙な顔をされた。

あまりに突然だったから顔を隠すこともできず、素顔を見られた衝撃と、その後の反応に大きな石で殴られたような酷い頭痛がした。

半ば泣き出しそうになりながらずるずると衣を引きずって降りると、三兄弟が駆け寄ってきてくれた。皆様ご無事だとわかって、思わず目頭が熱くなる。

「大丈夫だった⁉」

「痛いところは⁉　何かされた⁉」

「顔色が悪いが……、平気か？」

心配してくれることに心から感謝する。

「大丈夫です。長く牛車に乗っていたので、少し疲れたくらいです」

顔を見られて微妙な反応をされたことで衝撃を受けたことは黙っておこう。

見渡すと、離れたところからこちらを見ている夕悟を見つける。

よかった。夕悟も無事だ。

「それにしてもあいつらは一体何なんだろう」

高成様が、私たちを攫《さら》ってきた人たちを睨みつけている。

彼らはちらちらとこちらを窺って何かを相談していた。

なぜそんな反応をするのかわからず困惑していると、大勢の人に取り囲まれ、「こっちだ」と誘導された。

いつの間にか、深い山の中にいた。

夕暮れはさらに闇を連れてきて、徐々に周囲を黒く塗りつぶしていく。

衣が邪魔で足元がよく見えず、木の根に足を取られて転びそうになった私の手を、高成様が強く握って支えてくれる。

その手の力強さにほっとしていると、目の前に崖がそびえ立っていた。

「ここに入れ」

促されるけれど、足が前に出ない。

崖の斜面にぽっかりと空いた洞窟。

その入り口に柵のようなものがついていて、入ったら監禁されると誰でもわかる。

「待って。君たちの目的は何？」

「ああ。それを聞かなければ入らない」

「いちいちうるせえなあ。どうする。入らないならここで死ぬか？」

苛立ったように刀を振る姿に、恐怖で体が強張《こわば》る。

「目的なんてわかってるだろ、報酬があるからだよ。おれたちが危険を冒してあんたたちを誘拐するなんて、それしかねえだろ」

「報酬って、ちょっと待っ……」

「だからうるせえって言ってるだろ！　早く入らねえと女を殺すぞ！」

怒鳴られて、膝から力が抜ける。こんな明確な殺意を向けられたのは初めてで、全身が震えて止まらない。

「――とりあえず、要求を呑《の》むべきです。明里が危ない」

私たちに向けてそう言った夕悟はいつも通り落ち着いていた。いえ、今まで夕悟が取り乱しているところなんて見たことはないけれど。

「夕悟に言われなくても。明里ちゃん、歩ける？」

「はい。すみません……」

高成様に支えられて、洞窟の中に入る。中は外にいるよりは暖かかったけれど、ほんの少し先も見えず真っ暗で、その中に進んでいくのはまるで底なしの闇に飲み込まれるようで恐ろしくなる。

「よし。全員入ったな」

音を立てて、閂《かんぬき》を掛けられる。

そうして彼らは見張りも置かずに笑いながら遠ざかっていく。

私はそのままへたり込むように地面に座り込んだ。

洞窟の中は広く、夕悟を含めて五人が入ってもかなり余裕があった。ただ灯りがないことが心もとない。

夜はこんなに暗かったかしら。

怖い――。

矢継ぎ早に襲ってくる恐怖に耐えていると、背中をそっと擦られる。

「気分悪くない？　大丈夫？」

声から幸成様だとわかる。誰かの熱をほんの少しでも感じるだけで、こんなにも安心するなんて知らなかった。

「大丈夫です。すみませんご迷惑をお掛けして……」

「別に明里のせいじゃないでしょ。でも何でオレたちが誘拐されるの？　どうして？」

「それは僕も聞きたいよ。心当たりが全然ないよ」

「もしかしてあの文はやはり警告の意味だったのではないかと――」

牛車の中で考えていたことを口にすると、突然パッと火花が目の端に映った。

驚いて目を向けると、夕悟が火打ち石で小さな火を点けているところだった。

「何しているの？」

呆然とした声で高成様が尋ねると、火打ち石が鳴る。

「火を点けているところです。さすがにこう暗いとここがどうなっているのかも把握できないですから」

そう言った時、火種に火が点いたようだった。夕悟は手早く傍に落ちていた木の枝や木の葉を集めて、炎を大きくする。

闇が消え、ほっと息を吐くと、強張っていた全身から無駄な力が抜けた。

灯り一つでこんなにも安心するなんて……。

「火打ち石って用意がいいね」

「これと短刀はいつも携帯しています。短刀は奪われてしまいましたが」

「僕も刀を取られたな……。丸腰だと戦えないよ」

高成様がため息を吐く。夕悟は羽織っていた衣を脱ぎ、柵に括《くく》りつける。

すると空気の入れ替わりが少なくなり、洞窟の中は随分暖かくなった。

こんな状況なのにてきぱきと最善を尽くしてくれる夕悟に心から感謝する。夕悟がいなかったら、もしかしたら凍死していたかも。

「……ひっ！　む、虫っ!!」

隣にいた幸成様が突然体を震わせて私の袂を掴み倒れ込む。

「え、虫、ですか？」

「無理無理無理無理！　オレ、虫だけは駄目！」

ひいいと、私の衣に顔を埋める幸成様を見ていたら、全身の震えが止まった。

「大丈夫ですよ。えっとどこに……」

「なんかよくわからない虫！　上から降りてきた！　オレの衣に……！」

ええ？　とよく見ると、確かに幸成様の肩に小さな蜘蛛《くも》が乗っていて、手で軽くはたいて追いやる。

「ほら、逃がしましたよ。小さな蜘蛛でした。もうついていません」

「本当に……？」

涙目で顔を上げた幸成様が、ものすごく警戒して自分の衣を見ている。

「蜘蛛くらいで大騒ぎしないでよ。あと、明里ちゃんに抱き着くのも禁止」

高成様が呆れたように苦笑いしている。

「虫なんて屋敷にも沢山いるだろう」

ため息を吐いた哲成様に、幸成様が声を荒らげる。

「最近は明里が掃除してくれているから滅多に出ないんだよ！　はあ無理……」

図らずも、幸成様のおかげで逆に落ち着きを取り戻せた。意識が逸れたのがよかったのかもしれない。それは高成様や哲成様も同じようで、さっきよりも柔和な表情をしていた。

「……とにかく、誘拐されたのは確かなんだから、逃げ出すことを考えないと。犯人はここを出てから考えても遅くないし」

「ああ。これから先どうなるかは大まかに考えて四つだな。このままここにしばらく監禁される、朝が来たらどこかへ移動する、もしくは殺されるか、解放されるか」

四つ、か。幸成様が虫がいないかと周囲を警戒しながらも口を開く。

「解放されることはないでしょ。ここまでして急に解放するのはおかしいよ」

「解放はされないが、さすがにこの扉が二度と開かないことはないだろう。開いた時を狙って戦うか？」

「哲成は簡単に言うけどさ、刀も取られちゃって厳しい戦いになりそうなんだけど。でもまあやるしかないか。戦力になりそうなのは、僕と……夕悟、かな」

高成様の言葉に、全員の目が夕悟に向く。夕悟は無表情のまま、炎の中に落ち葉や枝を放り込んでいる。

「君は結構腕が立つみたいだけど、実際どうなの？　刀がなくても戦える？」

「……一人でも平気です」

「——へえ。大した自信だね。そこまで大口叩いたんだ。悪いけど次に扉が開いたら僕と一緒に戦ってもらうよ」

「わかりました」

高成様の言葉に珍しく棘がある。

夕悟は気にもしていないように、相変わらず眉すら動かさなかった。

一人でも平気。その言葉が胸に引っかかる。

——そうしたらもっと、地に足がついた生き方ができると思うのだけれど。

不意に、北の御方様の言葉を思い出した。

夕悟が播磨に行ってから再会するまで、私には夕悟がどんな風に生きてきたのかわからない。

でもまるで自分の命を軽んじているような気配がある。

それは高成様にも通じるような気がしてどうにも切なくなってしまって、何か私にできることはないかと考えたけれど、何も浮かんでこなかった。

四

カクッと自分の頭が舟を漕《こ》いだ衝撃で、我に返る。

重い瞼を上げると、高成様が岩に身を預けて眠っている。

哲成様も腕を組んで瞼を閉じている。幸成様は怯えたように眉根を寄せているけれど、その瞼は閉じられている。

眠れるはずがないと思っていたけれど、いつの間にかうつらうつらしていた。

疲れた――。

ずっと牛車で座り続けていたし、外に出ることができたと思ったら、閉塞感のある洞窟に閉じ込められている。

はあ、と大きく息を吐くと、夕悟が起きていることに気づく。

「——夕悟。起きていたの？」

皆様を起こさないように小声で話しかけると、夕悟は表情を崩さず頷いた。

「疲れているだろう。寝ろ」

「夕悟は？」

「自分は平気だ。火の番をしているし、徹夜は護衛で慣れている」

慣れているだなんて、過酷な仕事だわ。

「……夕悟は仕事、楽しい？」

気づけばそんなことを尋ねていた。

「楽しいか楽しくないかなんて、あまり考えたことはない。生きるためには働かないといけないからな。明里はどうなんだ」

「私？　私はすごく楽しいわ。元々貧乏だから働くことに抵抗もなかったし、何より装束のことを考えていられるのは魅力的よね」

夕悟の口元が緩む。

「夕悟がいなくなってから一人で過ごすことが多くなって、私きっと寂しかったの。だから春日家に働きに出て、皆様によくしていただいて、毎日新しい発見や体験ばかりで楽しくて、寂しくなくなったわ。まるで自分の居場所ができたみたいで……」

《家族だ》って言ってくれて、すごく嬉しかった。

「私は自分がいたい場所がわかっているから頑張ることができるけど、夕悟は？」

何のために、過酷な仕事をするの？

どうして自分の命を軽んじているの？

夕悟なら、随身でなくてもどうとでもできるはず。畑を耕したり、森を切り開いたり、漁をして暮らしたり……、自分に合った生き方をして、わざわざ辛いことを選ばなくてもいいのに。

「――自分にも手に入れたいものがあるから」

そう言った夕悟の瞳に、力が籠もる。傍で燃える炎を反射して、赤く煌《きら》めく。

「何も持っていない自分がそれを手に入れるためには、春日様のもとで働くのが一番手っ取り早いから」

「それって……何？」

尋ねると、夕悟は笑むばかりで答えようとしない。

でも、安堵《あんど》して小さく息を吐く。

夕悟の中に生きる原動力のようなものがあって、決して自分の命を軽んじているわけではないような気がした。

それがわかっただけでも十分。

「寝ろ。明日に響くぞ」

「……うん」

小さく頷いて、瞼を閉じる。安心したせいか、一気に眠りの世界に落ちていった。


カタンと、小さな物音がして一気に覚醒する。

驚いて瞼を開けると、目の前一杯に高成様の背中が飛び込んでくる。

高成様はほんの少し振り返り、私に向かってその指先を自分の唇に押し当てる。

それを、声を出すな、ということだと察して、ぎゅっと唇を噛《か》み締《し》める。

いつの間にか全員起きていて、柵の向こうに広がる外の世界を睨みつけている。

しんと静まり返った中に、土を踏みしめる足音が響き、やがてそれは徐々に近づいてきた。

その足音は、多くはない。二人……かしら。

傍まで来ると、中を覗き込む。

「——いるな。おい、柵から離れろ！」

荒々しい怒号に、猛烈な恐怖に襲われる。柵の傍にいた夕悟と高成様は足を引き、壁際に寄る。その時、高成様と夕悟は小さく目配せした。

「首領から話がある。女だけ、来い」

「えっ、は、はい……」

立ち上がった私の右手を、幸成様が掴む。行かなくていい、と言うように首を横に振った。どうするのが最善か考えているうちに、閂が外れる音がした。

「おい、早く来い！」

苛立った賊が洞窟内に足を踏み入れ、なかなか出ようとしない私の左腕をぐいっと掴む。私の右手を幸成様が握っていたせいで動けず、賊の足も止まった。

その時、耳元で風を切る音がした。

ぎゃっ、という小さな悲鳴と何かがぶつかる鈍い音が聞こえた瞬間、夕悟が私の腕を掴む賊に向かって体当たりをして一気に組み伏せた。

賊の手が離れた反動で体勢を崩した私は、自分の右手を掴む幸成様と一緒にその場に倒れ込んだ。

「おい、どうし――」

外から慌てた声が飛び込んでくる。

入り口から顔を出したもう一人の賊に向かって、どこからか放たれた石がその頭に当たった。頭を押さえてふらついた賊を見逃さず、すかさず高成様の強烈な蹴りが男性の脇腹に入り、そのまま外に向かって吹き飛ばされて転がる。

どちらも瞬きをした刹那の間に決着がついていた。

「ごめん。こっちの男は、気を失ったみたい」

まるで肩に落ちた木の葉を払っただけとでもいうように、高成様は飄々《ひょうひょう》としていた。

「石って最高の武器だよね。そこら辺に転がってるし、どこにでもあるし。でも本気を出せば人だって殺せるしね」

どうやら私の腕を摑んだことで動きが止まった賊に向かって高成様が石を投げて負傷させ、そこを夕悟が組み伏せたようだ。

二人目の賊は石と体術で、高成様お一人だけで倒してしまった。

ほっとしたら体から力が抜け、天を仰いだ私を幸成様が覗き込む。

「ねえ、大丈夫？」

上から覗き込まれて、ハッと目を見張る。

「すすすみません！　重かったですよね！」

倒れ込んでそのまま幸成様に身を預けていた。飛《と》び退《の》くと、幸成様は「別に平気」と短く告げて照れ臭そうに目を伏せる。

「一回外に出よう。また閉じ込められたら元も子もないし」

高成様から声を掛けられ、幸成様は立ち上がって私に向かって手を差し出す。抗うことなく手を重ねると、強く握られて立たされた。

外に出ると、高成様が気絶している賊を眺めている。夕悟が組み伏せていたもう一人の賊は、哲成様と夕悟で抱えて外に出した。

ようやく広くて明るい場所に出ることができて、大きく深呼吸する。解放感を味わっていると、高成様が、夕悟が組み伏せている賊の傍に行き、その顔を覗き込んだ。

「命って、大事なものだよね？」

高成様は男性の腰元から刀を奪い、鞘《さや》を抜いて刀身を男性の首元に突きつける。高成様がにっこりすると、男性は何度も頷いた。

「だっ、大事です！　す、すみません！　間違えたんです！」

「は？　間違えた？」

「昨日の夜、仲間が言っていたんです！　この女じゃないかもしれないって！」

え？　困惑するけれど、よくよく思い返せば、牛車から降りた時に、私を見た別の男性が微妙な表情をしたのを思い出す。

「よく見たら、女だけじゃなくあんたたちも違うようだし、話を聞いて確かめようっことになって、それで首領がまずは女を連れてこいって言ったんで、迎えに来たんです！」

「僕らを誰かと間違えて誘拐したってこと？」

「……はい」

頷いた男性に、幸成様が詰め寄る。

「はあ？ どういうこと？ 誰と間違えたのさ」

「すみません、俺はただ一緒に来たら報酬を貰えるって聞いてきただけで、詳しいことはよくわからなくて……」

「そんな……。何か手がかりはないの？ ほら、依頼者とかさ」

「すみません……、よくわかりません」と男性は何度も喘《あえ》ぐように訴える。

その様子から、嘘は吐いていないようだった。

「どうする。一旦こいつらの首領とやらに会うか？」

「そうだね、会えば何かわかるかもしれないし」

「うん。とりあえず何としても吐かせようよ」

話し込む三兄弟に向かって夕悟が口を開く。

「――逃げるのが先決かと思います」

「は？」

夕悟は男性の首元を軽く手で打つ。すると一瞬で気を失った。

すぐに男性が持っていた弓や短刀を奪って夕悟は立ち上がった。

「先ほど高成様が倒した男が、気がついて逃げていきました。応援を呼んで戻ってきたら戦うことになります。明らかにこちらの分が悪いと思います」

確かに高成様が蹴り飛ばした男性の姿がない。話し込んでいる間に消えてしまった。

「……うん。僕もそう言いたかった。ここからとりあえず逃げよう」

高成様は夕悟の意見をすんなり受け入れたくなかったのか、いかにも自分もそう思っていたというように、急に意見を翻す。

「明里、自分が背負っていく。乗れ」

夕悟が私の前で膝をつく。

「え、ちょ、ちょっと待って私……」

「はあ？　明里ちゃんは僕が背負うよ」

高成様が焦ったように私と夕悟の間に割り込む。哲成様と幸成様も自分がとおっしゃってくださった。

「ここは見ての通り山の中です。自分は山道に慣れていますから平気ですが、皆様はそうではないでしょう？　木の根や岩や石があります。慣れていない方が背負っていくなんて、明里を危険にさらすだけです」

夕悟がきっぱり三人を拒絶すると、三人とも悔しそうな顔をしつつも反論できないようだった。

「夕悟、私自分で走れるわ」

「その装束で？　やめておけ。怪我をするだけだ」

元々有仁様のお屋敷に行く予定だったから、下手な格好はできないと女房装束だった。沢山の衣に、裾を引きずる長い緋袴《ひばかま》。山道を歩く恰好《かっこう》ではないのは自分でもわかっている。

しかも緋袴は足全体が袴の中に入るため裸足《はだし》だ。牛車もそのまま屋敷の縁につけてもらって乗ったから、草履すらない。

「ならせめて身軽になるわ。衣は重いし」

「脱ぐな。この先何日掛かって屋敷に帰れるかわからない。ここで衣を置いていくなんて自殺行為だ。真冬に薄着になるなんて、死ぬぞ」

何も言えなくなって、黙る。夕悟は早く乗れと私を促す。

躊躇《ためら》ったけれど、あまり時間がないのもわかるから、意を決して夕悟に身を預ける。

夕悟は私を軽々と背負い、「この道を行きましょう」と先頭に立って駆け出した。

三兄弟たちはそれぞれ何かを喚いていたけれど、徐々に声も聞こえなくなる。

私たちは深い山の中を、ただひたすら進んでいった。

しんと静まり返った山の中に、小さな息遣いと落ち葉を踏みしめる音が響く。

「……夕悟」

声を潜めて呟くと、夕悟が無言で頷く。

私を抱え直すと、夕悟は若干振り返って視線を巡らす。そして全速力で駆け出した。

「——おい、逃げるぞ！　追え！」

怒号が辺りから響き、恐怖で夕悟にしがみつく。何もできない自分を歯がゆく思いながらも、せめて邪魔にならないようにと身を縮める。

やはり追っ手が掛かっていた。先ほどから私たち以外の微《かす》かな物音が徐々に増え、人の気配が集まってきていた。

夕悟は早い段階から周囲を警戒していたし、もちろん三兄弟たちも気づいていたようで、夕悟が走り出しても大して動じなかった。

「こっちです——！」

夕悟が三兄弟に向かって叫ぶ。道なき道を選んだ夕悟はまるで天狗《てんぐ》のように岩を飛び越え、崖を滑り降りる。

何度も舌を噛みそうになって、ぐっと奥歯を噛み締める。

自分の衣が木の枝に引っかかって、嫌な音と裂ける振動が伝わるけれど、構っていられない。

「——くそ！　あいつら、もうあんなところまで！」

「おい、伝令だ。一旦首領のところに戻るぞ！」

しんとした山の中に、賊たちの声がよく通った。そのうちに、追ってくる声が一人また一人と消えていく。

一旦戻るのだとしても、また立て直して今度は倍の人数で追ってくるのかもしれない。そう思ったら、逸る心を止められない。

賊たちの気配が完全になくなっても気を緩められず、些細な物音にも反応してしまう。それは皆も同じで、微かな風のざわめきにも、過敏に辺りを見回す。

「もう少し進みましょう」

夕悟が声を掛ける。

休める場所を見つけても、ここで休んでは賊に見つかるかもしれないと、足を止めずにひたすら山の奥深くへ進んでいった。

どれくらい進んだのか、わからない。

「ごめんなさい、夕悟。重かったでしょう」

川辺に出て、ようやく休憩していた。夕悟は川の水を口にした後、首を横に振る。

「気にするな。久しぶりに明里を背負って、成長を感じた」

それは重くなったと暗に言っているのかしら。ムッと唇を尖らせると、夕悟が笑顔になる。

「追っ手は来ないわね……」

耳を澄ましてみても、私たち以外に人の気配はない。

周囲を見回すと、三兄弟がぐったりと岩の上に座り込んでいるのが目に入る。

「あの、皆様大丈夫ですか？」

心配になって声を掛けると、哲成様が青い顔をしていた。

「……寝不足がたたっている。追っ手がいて気を緩められなかった」

「オレも。いつ追っ手に出くわすかわからなかったし。しかも山道をこんなに歩いたことないから知らなかったけれど、結構辛い……」

幸成様があんなに嫌がっていた虫も気にせず、岩に寄り掛かって顔を伏せていた。

「夕悟って何……？　何であんなに身軽に歩けるのかな……？」

高成様が岩に向かってブツブツと呟いている。

「今日はここで夜を迎えましょう。これ以上進むのは危険です」

「ええっ、野宿!?　そんなのもう無理！　耐えられない！」

幸成様が猛抗議するけれど、夕悟は一切引かない。

「追っ手を撒《ま》いたおかげで、山の奥深くまで入ってしまったような気がします」

「待って。それって遭難？」

高成様が青い顔をする。

「近いかと。闇雲に走ってしまったというのもあります。今日はここで休んで、明日もっと明るくなったら周辺を把握しましょう」

夕悟の言う通り、山の中は冬でも青々と葉を茂らせる杉の木などの常緑樹のせいで薄暗い。冬だから夜の訪れも早いし、これ以上無暗に進むのはよくないかもしれない。

「山はまだまだ続きます。今はどうやら追っ手も来ていないようです。ここは水がありますし、あの大きな木の根元あたりが開けていて休みやすいです。歩いている途中で真っ暗になったら、休めるところを探すのも大変ですから」

正論を言われて、幸成様は悔しそうな顔をしながらも頷いた。

「では自分は野宿の準備をします」

「夕悟、私も手伝うわ」

「いや、明里は休んでいろ」

「私は女房だから、仕事をさせて」

そう言うと、夕悟は頷いた。

「わかった。自分は何か食べるものを獲《と》ってくる。その間に火をおこしておいてくれ。覚えているか？」

「うろ覚えだけど、やってみるわ」

昔、夕悟のやることなすことが幼い私にとって新鮮で、自分もどうしてもやってみたくて、夕悟からいろいろ教えてもらった。

あの頃の私は夕悟に憧れて、夕悟の背中ばかり追いかけていた。

昔のことを思い出して、こんな時なのに感慨深くなる。

夕悟は私に火打ち石を渡して、倒した男性から奪った弓を手に山に入っていく。

「明里。手伝うぞ」

「哲成様、ありがとうございます。でも大丈夫ですよ。私は背負ってもらっていたので平気です。顔色が悪いですからお休みになってください」

哲成様は困った顔をしていたけれど、「すまない」と呟いて顔を伏せる。

――私は女房だから。そう言った自分を思い出す。女房の仕事をする、という気持ちが私の中で拠《よ》り所になって、こういう不安な時にも自分を支えてくれるのを感じた。

やっぱり私は、この仕事に誇りを持っているし、やりがいを感じている。

「よし、火をおこすわ！」

わざと声に出して気合を入れ、私は火打ち石を手に大きな木の根元に移動した。

何度も火を点けるのに失敗して、心が折れそうになる。

昨日の夜見た夕悟のように、全然うまく火が点かない。

でも諦めずに何度も火打ち石を打っていたら、何十回目かでようやく火種に火が点いた。消さないように、息を吹き掛けたり枝をくべたりして炎を大きくする。

冬のせいで落ちた葉や枝が、ある程度乾燥していたからか、一定の大きさまで炎が燃え上がると、それからは消える気配もなく燃え続ける。

できた……。

赤い炎を見ながら、達成感に全身を支配されていると、背後から落ち葉を踏みしめる音が響く。

振り返ると、夕悟が立派なキジを手にこちらに向かって歩いてきていた。

「お帰りなさい！　キジなんて、すごいわ！」

「別にすごくもない。火をおこしたほうがかなりすごいぞ。まさかできるとは思っていなかった。よくやったな」

褒めてくれた夕悟に、くすぐったくなって、はにかむ。

「昔夕悟が教えてくれたおかげよ。キジをさばくわ」

「自分がやろうか。一応血抜きはしてある」

「大丈夫。何度かやったことあるから。よかったら火を見ていてほしいわ」

夕悟からキジを受け取って、水辺で鳥の羽を毟《むし》る。

キジの尾羽の美しい色合いを夕日に当てて楽しんでいると、石が転がる音がした。

「な、何をやっているの……!?」

顔を青くして立っていたのは、幸成様だった。

「今からキジをさばこうと思って羽を毟っておりました。尾羽が綺麗だったので、つい見惚れて……。持って帰って、高成様の弓矢の矢羽根にしようかなと……」

武官の高成様は、いくつか弓矢を持っている。うん、ちょうどいいわ。

「き、キジをさばくって……。明里は姫君でしょ？」

「ええ。ですが鷹栖家は雑仕や下女を雇えないほど貧乏だったので、一通りできます。春日家では雑仕の方々がいらっしゃるので、披露する機会がありませんでしたが」

すでに夕悟が血抜きして内臓を取り出してくれている。借りた短刀で一気にさばき始めると、幸成様がそのまま仰向けに倒れた。

「幸成様⁉」

「……ごめん。オレには刺激が強すぎる」

「無理しないで休んでいてください」

幸成様は頷いて、ふらふらと高成様と哲成様のもとへ戻る。

今までご自分が召し上がっているものが、一体どういうもので、どんな風に生きていたのか、どのように調理されるのか、幸成様は知らなかったのかもしれない。

そういえば動物のさばき方も夕悟が教えてくれた。私も初めて見た時に倒れたわね。

キジをさばき終わって、川の澄んだ水で手を洗う。赤が水に溶けて消えていくのを眺めていた。

「私、姫君じゃない……」

普通の姫君なら、こんなことをしない。血がついた手を洗うこともない。

どちらかと言えば、ほぼ庶民だ。

今まで貧乏だということを悲観したことは沢山あったけれど、何だろう。今日は悲観よりもずっと苦しい。

――しかるべき姫。

自分がそういうものではないと、否が応でも理解した気分だった。

都の外れではなく中心で生活するようになって、いつの間にか自分が何者なのか忘れてしまっていた。

私は皆様とは違う。志摩とも違う。それは忘れてはいけないことなのに……。

「明里、竹を刈って竹串を作った。肉を焼こう」

「うん。わかった」

声を掛けてきた夕悟に頷き返す。

落ち込んでいる暇はない。今は非常事態。

できることがあるならば真っ先に取り組むべきだと思い直して、私は赤い衣を引きずるように立ち上がった。

五

「おいしい……！」

高成様が焼いたキジの肉にかぶりついて感嘆の声を漏らす。

「ああ、うまい」

「よかったです。塩も何もないのでただ焼いただけですが安心しました」

ようやくまともな食事にありつけたというのもあるだろうけれど、高成様と哲成様はおいしいおいしいとはしゃいだ声を上げる。

幸成様は原型がどうだったか見てしまったせいか、肉を前に躊躇った顔をしている。

「幸成様、大丈夫ですか？」

声を掛けると、幸成様は意を決して肉にかぶりつく。

「――おいしい」

目を瞬いて呟いた幸成様に、ほっと胸を撫で下ろす。

「明里ちゃんが用意してくれたんだね。ごめん、僕が仮眠を取っている間に……」

「謝らないでください。皆様が喜んでくださって安心しました」

「明里も食べろ。うまいぞ」

哲成様が私に食えと肉を促してくる。

「そんな。皆様と食事を共にするなんてできません」

主と共に食事をするなんて、私は女房だし、身分の差が許してくれない。

「今は屋敷にもいないんだし、気にしないで食べなよ。……夕悟も」

離れた場所でキジ肉を焼いていた夕悟は、高成様に呼ばれて驚いた顔を見せる。

「いえ。自分は結構です」

夕悟も私と同じくわきまえている。

「はあー。君も頭が固いね。このキジは君が獲ってきてくれたんでしょ？　それなら一番に食べる権利はあると思うんだけど」

「後で食べるので結構です」

「あのね、これは命令だよ？　正直君の都合や意見なんて初めから聞いてないんだけど。明里ちゃんも命令だ」

命令。高成様は強い言葉でそう言ったけれど、本当は命令して強引に一緒に食べさせようだなんて微塵も思っていないことは伝わってきた。

身分を盾に遠慮する私たちに対する、高成様の優しさなのだ。

「……わかりました」

考えていたようだったけれど、夕悟は同意してこちらの輪に入った。

夕悟が肉に口をつけるのを見て、私も口に含む。

弾力のある肉を嚙み切ると、じゅわっと口内に肉汁が広がった。

「——おいしい！」

思わず声を上げると、皆様が笑顔で頷く。夕悟も私を見て嬉しそうに目を細める。

お腹《なか》が膨れると、不安な気持ちが薄らぎ、心も落ち着いた。

どうやらそれは私だけではなかったみたいだった。

皆様の顔色がよくなり、張っていた気を緩めている。

「帰ることってできるかな……。怖いんだけど」

幸成様が小さく呟く。押し込めていた不安や恐怖を口にできるようになったことに、安堵する。

「ねえ、どうなの？」

幸成様が視線を向けたのは、三兄弟や私でもなく、夕悟だった。

それだけで、幸成様は夕悟を頼りにしていることがわかった。

「二、三日は掛かると思いますが、帰ることはできます。牛車が進む速度、乗っていた時間を考えても、そんなに遠くまで来てはいません。山を下りることさえできれば、帰り方も誰かに聞くことができますから」

「山を下りるって簡単に言うけど、一体どう下りるの？」

「とりあえず川沿いに流れに従って下っていきましょう。川は生きるために必要なものですから、地元の民と偶然会えるかもしれません。もし会えたら正確な現在地を把握し、都へ戻りましょう」

幸成様は夕悟を否定することはなく、「わかった」と了承する。

「また歩き詰めになるかもしれませんから、召し上がったら早々に就寝したほうがいいですよ。火の番は私がやりますから」

三兄弟は抗うことなく頷いた。

慣れない生活に疲弊していることが明確になる。

自分が皆様のためにできることは少ない。でも最低限皆様にご迷惑をおかけしないようにしよう。

私たちを誘拐した犯人のことや、間違えた、と言ったこと、様々なことを話したいけれど、そんな雰囲気にもならない。

ただ生きて帰ることだけが頭を占める。

静かに夜の帳《とばり》がおりてくる。

私たちはその中で言葉少なに、早く帰りたいと何度か呟いた。

深く眠れず、ふとした時に意識が浮上する。

不思議なことに寒さはあまり感じなかった。

それもそのはず、大きな木に寄り掛かりながら、私の右隣に幸成様が眠っていて、左隣に高成様が眠っている。

ご一緒に眠るなんて、と思ったけれど、寒さに負けた。火が傍にあるといっても所詮、野宿。昨日はまだ洞窟の中でしかも火もあったから温まったけれど、外だと夜が深まるにつれ歯の根が合わなくなるほど寒くなった。

高成様は絶対に変なことはしないから暖を取らせて！　と懇願し、幸成様はそんな高成様を見張るからと言って、それぞれ私の両隣に陣取った。

おかげで大分温かい。

気づけば私は高成様の肩に寄り掛かって眠っていて、幸成様は逆に私の肩に寄り掛かっている。

哲成様と夕悟はどうしたのかしら。

目を向けると、哲成様が火に木の枝を投げ込んでいた。

高成様と幸成様を起こさないように、そっと抜け出して立ち上がる。今度は幸成様が高成様に寄り掛かる形になったけれど、あまりに疲れているのかお二人とも目を覚ますことはなかった。

「――哲成様。火の番、ありがとうございます」

声を掛けると、哲成様が私に目を向けた。

「まだ朝にならんぞ。寝ておけ」

「私は大丈夫ですよ。今度は私が火の番をしますから哲成様はおやすみになってください」

そう言うと、哲成様は苦笑する。

「俺は元々あまり眠らなくても平気だ。それに普段起きる時間になったのか、逆に目が冴《さ》えてきた。貴様もいつも俺に合わせて起きているから目が覚めたのかもな」

その通りかもしれない。哲成様はまだ夜が明けきらないうちから起き出して仕事に行く支度をする。そして夜明けと共にお出かけになるのだ。

「そうですね。普段の生活習慣というのは、こういう時にも発揮されるのですね」

「ああ。そうだな。それを考えると、いつもの毎日が当たり前にくるというのは、幸せなことだったんだな」

ええ、と頷く。本来なら今日もこの時間に起きて、哲成様の支度をしていたはず。そのような毎日が、今は恋しくてたまらない。

「そういえば、夕悟はどちらに？」

「実は先ほど俺が起きた時、獣の匂いがしたと言い出して、周囲を見に行った」

「えっ、獣⁉」

「ああ。夕悟の話だと、匂いがするだけで近くにはいないようだと言っていた。現にそれからしばらく経つが、獣が姿を現すことはない。念のため俺に火の番を任せて見に行ってくれた」

「そうですか……。獣……」

野犬……？　それともまさか、オオカミ？

ぞっとして思わず身震いする。

「大丈夫だ。匂いがしたのは、俺が起きた頃よりも大分前だと言っていた。俺には獣の匂いはしなかったから、もう去った後だったのだろう」

ほっと胸を撫で下ろした時、私の背後で枝を踏む音が響く。「ひっ」と小さな悲鳴を上げて勢いよく振り返ると、夕悟が立っていた。

「明里も起きたのか」

「ゆ、夕悟。驚いた……。今、哲成様から獣の話を聞いたわ」

「ああ。念のため周囲を見てきたが、特に何かいる感じではなかった。恐らく肉を焼いて食べたから、匂いにつられて見に来たのかもな」

確かにキジ肉を焼いた時、香ばしいいい香りが周囲に漂っていた。

「警戒するに越したことはない。熊が出たら終わりだが……」

哲成様のお言葉に、さらに震え上がる。

熊に出くわしたら、生きて帰れる自信はない。

「そういえば、昔明里と山に行った時に、サルに会ったな」

夕悟が懐かしそうに目を細める。確かに十くらいの時に夕悟と山に行ってサルに会った。

「明里が腰を抜かして立てなくなったんだ。何度も立ち上がろうとして転んで……。その時の明里の姿はまるで生まれたばかりの野生の動物のようだったな。助けようと思ったがつい笑ってしまって――」

「だ、だって、サルが私の背丈より大きく見えて驚いたのよ」

私の前に立ちはだかったサルは、かなり大きかった。恐らく恐怖でそう見えていただけだと思うけれど。

「そうしたらサルが不憫に思ったのか、明里の前に柿を置いて山に帰っていったな」

「ははっ、何だそれは。明里はサルに同情されたのか」

その様子を想像されたのか、哲成様が楽しそうに声を上げて笑う。恥ずかしくて顔が熱くなる。

「もう、夕悟ったら。忘れてほしいわ」

口を尖らせると、夕悟は優しい笑顔を向けてくれる。

ささやかなひと時だったけれど、今の現実を笑顔によってほんの少し忘れることができた。心が和らいでいるのを感じて、この話をしてくれた夕悟に感謝する。

「なんだ。もともと貴様はよく喋る男なのだな」

哲成様が感心したように夕悟を眺める。

「仕事に私語は必要ありませんから。今は休憩中のようなものですし」

きっぱりと言った夕悟を、哲成様は興味深げに眺めている。

もしかしたら、哲成様と夕悟は気が合うのかもしれない。

二人とも仕事第一主義で、仕事の時は妥協せず真摯に取り組んでいるのが同じ。

徐々に打ち解けてきた二人を見て、胸が温かくなり嬉しくなる。

その後も夜が明けるまで三人で火の番をしつつ他愛のない話をして、夜の闇に潜む得体の知れない恐怖を紛らわせていた。

「――よし」

日が昇った後、夕悟から借りた短刀で、長い緋袴を踝《くるぶし》あたりで切り、衣も寒くない程度の枚数以外は置いていくことにした。

残していく衣を割き、紐《ひも》にして、長い髪を結う。

迷惑を掛けたくないと思ったのだから、いつまでも夕悟に甘えてばかりいられない。

「明里。どうした」

「夕悟、今日から私も歩くわ」

笑顔を見せると、夕悟は私の傍にあった、ここに置いていく衣に目を向け、「待っていろ」と言う。

そして衣を切って紐状にすると、傍にあった木に布を括りつけ、器用に編み上げていく。鮮やかな手つきを食い入るように眺めていると、すぐに草履ができた。

女房装束の長い緋袴を穿《は》いていたせいで裸足だったから、すごく助かる。

「すごい、夕悟。作り方教えて」

「無事に戻ったらな。ほら、履いてみろ。調整する」

夕悟は私の足を取り、草履を履かせて緒の部分を微調整してくれる。

「夕悟は何でもできるのね」

「生きるために覚えているだけだ。草履は自分で作れないと不便だからな。明里は姫様なんだから、覚えなくていい」

姫様、か。

キジもさばけて、幼い頃にサルにも同情されて……。姫様とは言えないような気がする。

そうだとしたら、私って、一体何なのかしら。

この状況になって、その問いが頭の中で何度も巡っている。

「……それでも、昔夕悟に教えてもらったことが、今の私を助けてくれているわ」

姫だとか関係なく、覚えたことはこの先の未来の私を助けるかもしれない。

夕悟はそう言った私に、何を言うわけでもなく黙っている。

ただ無言で私に草履を履かせてくれたけれど、その唇は静かに弧を描いていた。

六

「はあ……。邪魔なんだけど」

苛々しながら、幸成様は手で飛んできた虫を追いやる。

洞窟の中であんなにも虫に怯えていたのに、幸成様は騒ぎもしない。

「虫、克服したのですか？」

前を歩いていた幸成様に声を掛けると、露骨に眉を顰める。

「もちろん嫌いだよ。でもいちいち反応していたらキリがないんだよ。叫んでいたら疲れるし。……明里は元気だね」

「はい。山の中を歩くのは大変ですが、景色が綺麗なのは楽しいです」

地面を埋め尽くす木の葉の色、葉を落とした木の幹の色、岩の色、川の水の煌めき、空の移り変わり、飛んでいく見知らぬ鳥の羽の美しさ。都にいると見ることができないものばかりがここにはある。

昨日は追っ手がすぐ傍にいるかもしれない恐怖で、そういうものを感じる余裕がほとんどなかった。でも今日は少し余裕が出てきていた。

「……すごい。明里は案外大物だね」

「お褒めいただいているのなら、幸せですが……」

どうにもそう聞こえないような気がする。図太いという言葉が裏に隠れているみたいだわ。

雑談をしながら山を歩くと、徐々に自分を取り戻していくような心地になる。

一人で黙っていると、不安や恐怖に飲み込まれていくばかりだった。

指先に息を吹き掛け手を擦り合わせて、乾いた落ち葉を踏みしめる。

どこまで続くかわからない山道も、一人ではないから心も和らぐ。

「はあ。オレもう歩けない」

「休憩しましょうか。皆様は……」

前方を見ると、すでに皆様は大分先を歩いていた。声を掛けようにも届く距離ではない。

「もう少し頑張りましょう」

「歩けないよ。ねえ、手を引いて」

え、と差し出された手を見つめる。

「ねえ」

「は、はい。では失礼します」

自分の手を幸成様の手に重ねると、ぎゅっと強く握り返される。

「手、冷たいんだけど」

「すみません……。何分冬ですから」

歩いているせいで体はぽかぽかしているけれど、指先は凍りついている。

もしや手を擦り合わせている私を見てこのようなことを……？

疑問が浮かんだけれど、答えを尋ねる勇気もなくただ黙る。

でもその疑問が正しいというように、幸成様は相変わらず私の前を歩いている。

手を引いて、と言ったのに、私が手を引かれている。

「……山に来て、自分がちょっと変わった」

「え？」

「自分がどれだけ何もできないかわかった。内裏で、ある程度うまく立ちまわっていたつもりだったけれど、ただそれだけだ」

「それだけだなんて……」

英俊の誉れ高く、春日家の中でも一番の出世頭だと言われている幸成様。それは絶対に間違っていない。

「生き残るすべも知らないし、明里を護るすべも何にも知らない。明里のほうがこの状況に順応しているし、いいところなんて何一つ見せられなくて、──悔しい」

ぎゅっと手を強く握られる。

悔しい、と言ったその声が、胸の奥を強く揺さぶる。

「……私も悔しいです」

「え？」

驚いたように、幸成様が振り返る。目を合わせられなくて、俯いた。

「私はキジだってさばけますし、火もおこせます。身分的には姫君であるはずなのに、姫君らしくない自分が恥ずかしいですし、悔しくて落ち込みます」

つい本音を言ってしまったことに気づいて、慌てて口を噤む。

こんなことを言われたって、幸成様は困るだけなのに……。

「そんなことを気にしていたの？」

私の悩みを一蹴した幸成様に、目を瞬く。

「明里は初めから普通の姫君じゃなかったじゃないか。顔も晒《さら》すし、オレの嫌がらせにも耐えるし、口答えするし」

グサグサッと、幸成様の言葉が容赦なく私の胸に突き刺さる。

確かに、それをおっしゃられると何も反論できない。

「姫君らしくなくたって、別にいいだろ。今まで多くの姫君が女房として春日家に来たけど、普通の姫君なんて全然面白くない。どうでもいいし、興味もない。今同じ状況になったら、普通の姫君は泣くばかりで何もしないだろうね。自分でできることもしない女なんて、オレは苦手」

姫君に対する酷い言葉なのに、精一杯私を励ましてくださっているのが伝わってくる。それがわかったら、じわりと目元が熱くなる。

「少なくともオレは……、明里がいいし」

反射的に顔を上げると、幸成様と目が合った。

すぐに逸らされて、手を強く引かれ歩き出す。

「だから、他の誰が何て言おうと、オレがいいって言っているんだから、いいだろ。普通の姫君じゃないとか悩む必要なんてない」

幸成様の言葉が、私の心の中に垂れ込めていた暗雲をいとも簡単に晴らしてくれる。

「……ありがとうございます。幸成様」

私から繋いだ手に力を籠めると、微かに幸成様の肩が跳ね上がる。

「あの、幸成様も悩む必要はありませんよ。人には得手不得手がありますから」

「そんなのわかっているよ。でも夕悟に負けるのは腹が立つから、あいつができることと、オレもできるようになってやるって言っているの」

山に来たのが悪いことばかりじゃなかったと、幸成様の決意を聞いて思う。

「それで成長したオレを見せて、明里を驚かせるから」

その言葉が、眩《まぶ》しくて目を細める。

幸成様は、今はまだ女性とも見間違うほど愛らしいけれど、日を重ねるごとにどんどん男らしくなってしまう。

それは今この瞬間も同じで、あっという間に成長していく。

あまり急《せ》いてほしくはないと寂しくなるけれど、幸成様の決意に、胸が震えていた。

七

「明里ちゃん、見て見て！　魚獲れたよ！」

火をおこしていた私の前に、ドサドサッと魚が置かれる。

「わ、すごい！　どうやって獲ったんですか？」

「川の中に石をうまく配置して、そこに追い込んで獲ったんだ。夕悟に教えてもらったんだけど」

はあと息を吹きかける高成様の手は真っ赤だった。驚いて思わず強く手を握ると、氷のように冷たかった。

「高成様、大丈夫ですか？　冬の川に入るなんて……、冷たかったですよね。火に当たってください」

「このまま明里ちゃんの手で温めてほしいなあ、なんて」

「手よりも火のほうが早く温まりますよ。さあ」

促して、高成様を無理やり火に当たらせる。

夕悟は狩りに出掛けたままままだ戻ってきていなくて、哲成様、幸成様は離れた場所で燃やすための枝を拾ってくれている。

「寒かったけど……、楽しかったよ」

楽しい？

「僕はさ、正直都の暮らしって好きじゃないんだよね」

意外な言葉に、目を瞬く。高成様ほど都が似合う方はいらっしゃらないのに。

「本当ならさっさと都を出て、野に下るのが夢。都は僕には生きにくい」

「そんなことを考えていらっしゃるなんて、知りませんでした……」

呟いた私に、高成様はにこりと笑顔を見せる。

「他人に初めて言ったから、知らないのは当然だよ。もし知っていたら逆に驚くね」

軽い笑いを振りまく高成様に、言葉が出てこなくなる。

「元々両親と僕はうまくいってないんだ。君も何となく気づいているでしょ」

確かに高成様とご両親の間には溝のようなものがあると感じていた。

「僕はさ、春日家の長男だし、気づいたらとんとん拍子で官位が上がっていったよ。それもこれも、全部父上のおかげなんだけど、その分、周りから沢山非難を受けた」

「非難?」

「そう。――僕の官位に実力が伴なわないってね」

その言葉から、心無い言葉に高成様が傷つき続けてきたのが伝わってくる。

「だから自分より力がある者が、血の掟《おきて》のせいで僕より下の官位で燻《くすぶ》っているのに我慢ならないんだ。実力で地位を勝ち取るほうが、自然だと僕は思う。……夕悟みたいな男が、正しく評価されないのは、おかしいってね」

高成様の考えは、革新的だわ。皆、家柄に縛られている。高成様の言う血の掟が、高成様や、私、そして夕悟をも縛りつけている。

「僕は正直能力的にも劣っているって自分でもわかっているのに、父上のおかげで分不相応な役職を貰っているし、両親の僕に対する期待がものすごくて一時期疲れてしまったんだ。家にも帰らずいろんなところを転々として、帰ったら帰ったで両親と大喧嘩して、自分の居場所がどこかもわからなかった」

高成様は武官だ。左近衛府《さこんえふ》にお勤めで、参議も兼任されている。

私が勤める前までは、屋敷で眠ることはほとんどなかったことは聞いている。

姫君のもとを渡り歩くのは、自分の居場所がどこかわからなかったから？

「君が屋敷に来た頃、正直君も三日と置かずに実家に帰ってしまうものだと思っていた。でも君はめげずに僕らのために働いてくれたね。君が困っていないか屋敷に帰った時、僕の寝具を整えておいてくれたり、装束を用意してくれているのを見て、僕は初めて、ここに帰ってきていいんだなと思えたよ。ありがとう明里ちゃん」

自分の居場所。

私も高成様も、求めていたものは同じだったのかもしれない。

私から小言を言われるのが嫌で、屋敷にいるようになったのかと思ったけれど、どうもそうではなかったようだ。

「……私は高成様が劣っているなんて、思ったことはありません」

首を横に振ると、高成様はふふっと微笑む。

「劣っているよ。僕がどれだけ自堕落な生活をしていたか、君は噂で知っているはず。僕は周囲の期待から目を背けて、楽なほうへ流されたんだ」

「それでも私はそう思いません。実際にお会いした高成様は、決して自堕落な方ではありませんでしたよ。――でも嬉しかったです」

「嬉しい？」

「何となく高成様には表の顔とは別に秘められた顔があるのだと気づいておりました。正直、表だけではなく、そちらの秘められた別の高成様のことも知りたかったのです。きっと高成様が今お話ししてくださったことは、高成様の別の顔のことで……。だから、こうやって私に打ち明けてくださってすごく嬉しいです」

そう言うと、高成様は顔を伏せて俯く。

「……幻滅しないの？　そんな本当の自分を許せずに、抱え込んで誤魔化して生きている弱い僕を、君は幻滅しないの？」

高成様の言葉は、まるで自分で自分を傷つけるように鋭い。

この御方は、本当は自分に自信が持てない脆《もろ》い人なのかもしれない。

「私、言いましたよ」

「え？」

不安そうに顔を上げた高成様に、微笑む。

「そのようなお姿を見せてくださって、嬉しいって、言いました。幻滅なんて微塵も感じていません。私は表の高成様も、秘められた別の高成様も支えていきたいです。どのような高成様でも、私の主の高成様ですから」

高成様は、私の返答を聞いて、呆然としていた。

「それに、弱くなんてないですよ。高成様は、自分の弱さを誰かに打ち明ける強さを持った方だと思いますから」

「明里ちゃん……」

「これからは、もっと高成様のことを教えてください。辛くなったら話し相手に私を選んでください。お仕事のことはよくわからないかもしれませんが、一緒に考えることはできます。私はいつでも高成様の味方です」

きっぱりと告げた私に、高成様は力の抜けた顔で笑う。

これが恐らく、高成様本来の笑顔。

「……明里ちゃんには本当に敵《かな》わないなあ」

その目元にキラリと涙が光っていたのは、見なかったことにしよう。

しばらくの沈黙。何も話さなくても傍にいるだけで心が通じ合っているような気がした。穏やかで心地のいい空気に包まれて目を細める。

火がパチパチと燃える音を聞きながら二人で黙っていたけれど、いつまでもこのまま浸っていられない。

「――さあ、魚を焼きましょうか」

努めて明るい声を出して立ち上がると、高成様は急に私の手を掴む。

突然のことに戸惑うと、高成様は座り込んだまま、ある一点をじっと眺めていた。

高成様の異様な雰囲気に、息をするのも憚られる。

すると、茂みがガサリと揺らいだ。

「……いいかい？　目を合わせては駄目だ。ゆっくり僕の背後に回って」

静かな声で、高成様が告げる。私は言われた通りに、高成様の背後に回る。

すると茂みの中から低い唸り声が響いてきた。ギラギラとした双眸《そうぼう》が、暗い茂みの中でいくつも輝いている。

思わず悲鳴を上げそうになって、袂で口元を強く押さえる。

——野犬がいる。

いえ、オオカミ？

しかも一頭、二頭ではない。気づけば私と高成様の周囲に何頭かいるようだった。

獣の匂いがすると、哲成様と夕悟が話していたのを思い出す。

この山には、そういう獰猛《どうもう》な何かが棲《す》んでいるのだ。

「明里ちゃん。ゆっくり後ろに下がるよ。絶対に悲鳴を上げたり、刺激しては駄目だからね」

はい、と言いたかったけれど、あまりの緊張で喉がカラカラになり声が出ない。

目が合って、高成様はにこりと笑う。

「大丈夫。僕を信じて。明里ちゃんには傷一つつけないよ」

そうおっしゃった高成様はいつも通りだった。獣が今にも襲いかかろうとしているのに、息一つ乱していない。

——でも、高成様は？

尋ねたかったのに声が出ない。

私に傷一つつけない代わりに、高成様が血を流すの？

先ほどのお話からも感じたけれど、この御方はどうしてこんなにもご自分のことをまるで羽のように軽く見ているのかしら。

「いいね、ここでじっとしていて」

気づけば、大きな岩の傍まで来ていた。ここならば背後から襲われることはない。

高成様の手が、佩刀していた刀に掛かる。

「——君は、必ず僕が護る」

風が唸った瞬間、高成様が駆け出す。

それと同時に、茂みに潜んでいた獣たちが、激しく吠《ほ》えながら高成様に襲い掛かった。

思わず目を強く閉じそうになったけれど、無理やりこじ開ける。

オオカミではなく、野犬の群れだ。何匹いるのかわからないけれど、五、六匹はいるようだ。

助けを呼ぼうにも、周囲には夕悟も哲成様も幸成様もいない。

先ほどまで少し離れた場所に、どなたかはいたのに――。

どうしよう。高成様が……！

突然、激しい威嚇の鳴き声とは別に、甲高い悲鳴のような鳴き声が辺りに響く。それと同時に赤が散った。

高成様が無駄な動きもなく、野犬たちの攻撃を避けながら刀を振るうと、一匹、また一匹と、くずおれて動かなくなる。

駆ける音がまるでしない。

まるで舞を舞っているかのような高成様に見入っていると、私のすぐ傍の茂みがガサリと音を立てた。

息を詰めた時には、野犬が私目掛けて飛び掛かろうとしていた。

思わず悲鳴を上げかけて、足を引いた弾みで倒れ込みそうになった。

「――動くな!!」

ぐっと足に力を入れて、堪える。

野犬が真っ赤な口を開き、私の喉元に食らいつこうとした瞬間、銀色の光が目の前を横切る。それと共に短い悲鳴を上げて、野犬が地面に転がった。

刀がその体を貫いており、野犬は数回痙攣《けいれん》して動かなくなった。

それを凝視しながら呆然と突っ立っていた私の肩に、大きな手がぽんと置かれる。

その軽い衝撃で、一気に現実に引き戻された。

「――大丈夫？　ごめん、怖い思いをさせたね。動かないでいてくれて助かった。距離があったから、間に合わないと思って、明里ちゃんに当たったらどうしようかと悩んだけれど、イチかバチかで投げてよかった」

その言葉に、高成様が刀を投げてくれたのだと知る。

的確に野犬の体を突き刺し、そして私を護ってくれた。

必ず僕が護る、とおっしゃってくださったその言葉通りに。

「――僕を信じてくれて、ありがとう」

その言葉に、涙が一気に溢れてくる。

「高成様……ご無事でよかった……！」

思わず、勢いよく高成様に飛びつくと、私を受け止めてくれて、そのまま抱きしめてくれた。

その腕の力強さに、怪我もないと伝わってくる。

「ふふっ。ご無事でよかった、だなんて言葉が先に出るなんて……。てっきり、私すごく怖かった、かと思ったよ」

もちろん怖かったけれど、自分のことよりも高成様が心配だった。

怪我もなくてよかった。高成様が生きていてよかった——！

昂《たかぶ》る感情が涙に変わり、ぼろぼろと頰を滑って落ちていく。

感情のままにぎゅうっと強く抱きしめて、高成様がここにいることを実感する。

そうしないと、まるで雪のように儚《はかな》く消えてしまいそうだったから。

助けてもらったお礼を伝えることもできず、ただ泣きじゃくる私を、高成様はいつもの甘い言葉ではぐらかすのではなく、しっかりと受け止めて強く抱きしめてくれていた。

八

今日で四日目だ。

ひたすら川沿いに進んでいくけれど、全く山から出ることができない。

こんなに進んでも民家もないし、誰にも会わないとなると、ここは一体どこなのだろうか。

朝から歩いているけれど、全員無言だった。

昨日はまだ余裕があったけれど、今日はそろそろ現実的に死の恐怖も頭にちらついてきて、悪いほうばかりにしか考えられなくなる。

今のところ、食べ物も満足とは言えないまでも何とか食べられているし、代わる代わる火の番をして夜も凌《しの》げている。でも昨日のように獣に襲われる恐怖や、いつ追っ手が来るかわからない不安が常につきまとって、精神的に疲弊している。

牛車を降ろされて山に入ってから、数時間で洞窟に辿り着いたはずなのに、そこから追っ手に追われて山の奥深くに入ってしまったのが悪かったのか、四日経っても山を抜け出ることも、どこかの集落に辿り着くこともできないでいる。

このまま永遠に山の中を彷徨《さまよ》うことになるかもしれない、と思ったら、どこかでのたれ死んでもおかしくないと思って怖くなる。

今まではさすがにもう少し歩いたら山を下りることができるだろうと楽観的に考えていた。けれど今は、このまま山の中であと何日も過ごしたら、確実に死ぬんじゃないか――、そんな風に考えて怯えるようになっていた。

「明里。疲れたか」

足が重くなった私を気遣ってくれたのは哲成様だった。

「大丈夫です。ここがどこなのかわからなくて弱気になりました」

「恐らく京の北だろうな。貴船《きぶね》よりも奥のような気がする」

「わかるのですか？」

「四日も歩いてひたすら山しかないとなると、都から北へ向かっているのではないかと思った。そのうち、北の海が見えそうだ」

「海……」

呟くと、哲成様が苦笑した。

「今、できたら見てみたいと思っただろ」

「な、なぜわかったのですか!?」

「いや、明里の顔に書いてあった」

そんなにわかりやすかったかしら。だって私、生まれてから一度も海を見たことがない。気づくと、哲成様が優しい瞳で私を見ていた。

「……あの、どうかしましたか？」

「何がだ」

「いえ、何かいつもと雰囲気が違うような……？」

戸惑いながらもそう言うと、哲成様は小さく息を吐いた。

「今日死ぬかもしれないと考えたら、あまり後悔はしないようにしたいと思った」

「そんな不吉なことを……」

そうは言ったけれど、私自身も死について考えるようになっている。

疲れや、慣れない山での野宿、獣の気配。

私だけではなく、全員が徐々に歩く速度も落ちてきて、一日目と比べたら進む距離も短くなった。歩いていればそこまで感じないけれど、夜は相変わらず寒さで体が強張って、何度も起きてしまって疲れも取れない。

精神的にも追い詰められてきて、何かのきっかけで心がぽっきり折れてしまいそうだった。

生きて帰れる保証など最早どこにもないと、恐らく全員思っているはず。だから哲成様はあのようなことを口にしたのだ。

口を噤んだ私の頭を、哲成様が優しく撫でてくれた。

「――今まで、当たり前に明日がくると思っていた。だがここに来て、今しかないと思うようになった。恐らくこの後、無事に都に戻ってもそう思うだろう。全ては永遠ではないし、当たり前でもないとわかったからな」

「……そうですね。なんだか誘拐されて山を彷徨うことになってから、自分の弱さと向き合っているような気がします」

私も、高成様も幸成様も、そして哲成様も。

極限の状態に陥って初めて、自分の生き方を省みている。

「でもそれって、生きることを諦めたわけではないのですよね……」

諦めたなら、考えなければいい。でも飽きずにぐるぐる考え込んでしまうのは、まだ未来があると信じているから。

「ああ。俺は必ず都に戻る。そして諸々《もろもろ》片付いたら、明里に伝えたいことがある」

「え？」

「だから貴様も俺も、必ず一緒に帰るぞ」

哲成様は、以前より揺らがなくなったみたいだ。

いえ、元々あまり感情を表に出す御方ではなかったけれど、さらに哲成様の根の部分が強くなって、大樹に成長したような気がする。

今しかない、と思うようになって、譲れない部分が明確になったのかしら。

「──はい」

伝えたいということが何なのかはよくわからなかったけれど、それが哲成様を支えるものであるならば、今は追及しないようにしようと思う。

この先本当に帰れるかどうかわからないけれど、それが足を前に出す原動力になるといい。

「──あんたら、ここで何をしてる？」

突然声を掛けられて、体が跳ね上がる。

哲成様は私の腕を摑んで引き寄せ、自分の背後にかばってくれた。

哲成様越しに声の主を見ると、驚いた顔をしたおじいさんが立っていた。

「すまん。道に迷っている。都に帰る道を教えてほしい」

久しぶりに自分たち以外の人と会って、心臓がバクバク鳴っていた。

夢ではないかと、自分自身ですら信じられなくなる。

でも実際にそこにおじいさんが立っている。

「それは構わんが……」

「ものすごく助かる。よろしく頼む」

哲成様がおじいさんに向かって深く頭を下げた。明らかにおじいさんのほうが身分が下だとわかっているだろうけれど、感謝して自然に行ったものだろう。

おじいさんは珍しいものを見るように瞼をパチパチ開け閉めしていた。

「あの、本当にありがとうございます。連れがまだいるのですぐに呼んできます」

「俺が行く。明里はここで待て」

哲成様が山を駆け上がり、先を行く高成様たちに声を掛けている。

「……あのような貴族もいるのだな。貴族など皆横柄な者たちだと思っておった」

哲成様の着ているもので貴族だとわかったのか、おじいさんは哲成様のことを感心して眺めていた。

「あの、本当にありがとうございます。遭難の果ての死を感じていました」

「一体何があったのかはわからんが、ここは熊が出るぞ。冬でよかったな」

さあっと血の気が引く。やっぱり生きていることが奇跡に思えてくる。

私たちはおじいさんに連れられて、山を下りていく。どうやらおじいさんは魚を獲りに山に入っていたそうで、初めは道を教えてもらうだけだったのに、わざわざ街道まで送ろうと言ってくれた。

おじいさんの話だと、私たちはあと少しで都に戻れる場所まで来ていたようだった。

平地に辿り着き、さらに歩いていくと大きな道に出る。

「このままこの道をまっすぐ行けば都だ。半日ほどで着くだろう」

「ありがとうございます。この御恩、生涯忘れません」

「本当にありがとうございました。賊に持ち物を全て奪われてしまって何も持っていなくて心苦しいですが……」

高成様が謝ると、おじいさんは構わんと首を横に振る。

「別に何か欲しいから親身になったわけではない。あんたたちの人柄を見て、助けたいと思っただけだ。報酬などいらん。ではな」

おじいさんはさっさと背を向けて山に戻っていく。

「人柄、か……」

哲成様がぼそりと呟いた。何か思うところがあったのかもしれない。

「いろいろあったけど、無事に帰れそうでよかった……」

安堵して胸を撫で下ろす高成様を見たら、ようやく帰れる実感が湧いてくる。

「お屋敷に着くまでは、何かあるかもしれませんから、気をつけてまいりましょう」

夕悟が周囲を警戒しつつ先頭に立って歩いていく。

夕暮れが差し迫る中、私たちはしっかり前を見て歩いていった。

第四章　疑惑――ぎわく――

一

「ようやく帰れた……」

はああ、と高成様が春日家の四脚門《しきゃくもん》を越えてくずおれる。

幸成様と哲成様も、高成様の傍で座り込んでしまった。

そうなってしまうのもわかるくらい過酷だったから、屋敷に帰れてようやく安心できたのだろう。

「皆、無事か⁉」

「大丈夫⁉」

転がりそうになりながら慌てて縁を走ってきたのは、春日様と北の御方様だった。

どうやら夕悟が呼んできてくれたらしい。

「心配したのよ！　ああ、生きていてよかった……！」

北の御方様が両手を広げて三人まとめて抱きしめる。その姿に、私もほっと胸を撫で下ろした。

「牛車を引いていた牛飼いの童たちから賊に誘拐されたと聞いた。眠れぬ夜を過ごしていたが、こうやって戻ってきてくれて本当によかった……！」

春日様がご自分の袂を引き寄せて、目元を拭っている。

「明里殿も無事でよかった。疲れただろう。早く屋敷に上がってくれ」

「ありがとうございます。皆様も屋敷に上がりましょう」

高成様は疲れ切ったのかぼんやりしながら頷く。哲成様と幸成様もふらふらしながらもご両親と共に屋敷に上がった。

「夕悟、ここまでありがとう。夕悟がいてくれて本当によかった」

門に残された私は夕悟に向かって頭を下げた。

「明里こそよく頑張ったな。今日はもう休んだほうがいい。どっと疲れがくるぞ」

うん、と頷く。夕悟の言う通り、さっきまであまり感じなかったのに、屋敷に着いたと安心した途端、猛烈な疲れが襲って体が岩のように重い。

汚れた足を拭くために夕悟が作ってくれた草履を脱ぐ。この草履のおかげでかなり歩きやすかった。ボロボロの草履を捨てる気にはなれず、綺麗に汚れを拭って部屋の中の箱にそっとしまう。

その後、夢も見ず、泥のように眠ってしまった。

それでも不思議なもので、いつも起きている時間に勝手に目が覚める。

体を起こすと節々が痛み、やはり山にいたことは夢ではなかったと教えてくれる。

「帰ってくることができて、本当によかった……」

呟くと、じわじわ実感する。

一体あの誘拐事件は誰の仕業だったのかしら。

山にいる時はそれどころではなくて全然考えられなかったけれど、屋敷に戻ってきた途端、むくむくと疑問が頭をもたげる。

あの賊たちは、私を見て《間違えた》と言った。それならば誰と間違えたのかしら。

元々別の女性を誘拐するつもりだったのが、私と間違えてしまったということ？

いろいろと疑問ばかりが湧き上がってきて、頭の中が一杯になる。

誰かと話したい——。

私は痛む体を擦りながら、朝の支度を始めた。

皆様が起き出してきたのは、昼過ぎだった。

「明里ちゃん、大丈夫？」

何かしていないと落ち着かなくて、いつも通り衣を補修していると、高成様が来た。

「高成様、どうぞお入りください」

「ありがとう。お邪魔するね」

高成様は私の前に座り、しばらく無言で私が針を運ぶ様子を眺めていた。

そのうちに幸成様と哲成様が顔を出し、各々の傍に座り込んで私の手元を見ている。

全員無言でぼんやりしていて、全く疲れが取れていないようだった。

「――あの、何か温かい飲み物をお持ちしましょうか？」

何となく居たたまれなくなって声を掛けると、皆様の目にようやく力が入った。

「いや、大丈夫だよ。ごめん、ぼうっとしてた」

「まだお疲れならお休みになったほうが……」

「そうしたいんだけど、いろいろ考え込んじゃってさ」

「ああ。俺も高成と同じだ。眠れない」

「……オレも、犯人のことを考えてた」

幸成様の言葉に、ごくりと喉を鳴らす。

皆様も一緒だったんだという安堵と共に、空気が鋭く張りつめるのを感じる。

「私も帰ってきてからずっと考えていました。なぜ私たちが誘拐されたのか、間違えたのなら、誰と間違えたのか……、むしろ本当に間違えたのか、知りたいです」

「うん。明里ちゃんの言う通り、賊は僕らを間違えて誘拐したって言ったけど、ただの言い訳だったのかもしれないよね」

「はい。適当な言い訳としてああ言っただけで、本当は別の思惑があった、とか」

「別の思惑か……。考えれば考えるほどわからなくなるね」

「ああ。だが、絶対に犯人を捕まえてみせる。このまま迷宮入りだなんて許さない」

哲成様が苛立ちを露わにしている。

「順序立てて考えてみようよ。何かわかるかも」

「そうですね。えっと……」

言葉を続けようとした時に、門のほうが騒がしくなる。

「どなたかいらっしゃったみたいですね……」

出迎えようと立ち上がり、御簾を上げて縁に出ると、外から駆けてくる音が響く。

二度ほど瞬きをした直後、鮮やかな黄色が視界を埋め尽くした。

「無事でよかった……！」

抱き着いてきた華奢《きゃしゃ》な体を受け止める。声ですぐに志摩だとわかった。

「志摩……！　心配かけてごめんね」

「ああよかった……、生きた心地がしなかったわ！　よく顔を見せて！　頬がこけた？　痩せたんじゃない？」

志摩の両手が私の肩を摑む。目が合うと、志摩の両目に大粒の涙が溜まっていることに気づき、私も目頭が熱くなる。

「怪我はない？」

「皆様が一緒にいて守ってくださったからなかったわ」

「そう、よかった……」

大きく息を吐いて、もう一度強く抱きしめてくれる。

目に映る志摩の衣は、表は淡黄《うすき》、裏は青の黄柳《きやなぎ》の重ね。

鮮やかな黄色と緑を志摩が纏うと、一層伸びやかで健康的。

「明里殿が無事でよかったです」

志摩の肩越しに、有仁様が歩いてくるのが見えた。その隣には哲成様のご友人の樋口様のお姿もあった。

「大変な目にあいましたね。哲成は無事ですか？」

「ご心配おかけいたしました。樋口様、哲成様もご無事ですよ」

有仁様は労《ねぎら》うように私の肩を軽く叩き、扇で軽く御簾を押し上げて、三兄弟が中にいるのを確認し、「入っても？」と尋ねてくる。頷くと、有仁様と樋口様は御簾をくぐる。私と志摩も後に続いて部屋に入った。

「……大丈夫ですか？　かなりお疲れのようですねえ」

「有仁。もっと何か言うことないの……。明里ちゃんに対する志摩姫みたいに熱烈な何かとか」

　ぐったりしながらも悪態を吐く高成様に、有仁様は苦笑する。

「生きていてよかった、と言っておきますよ。まあほとんど都から出たことがない君たちにとって、素晴らしい経験になったのでは？」

「まあね……。自分を見つめ直す、いいきっかけになったよ」

　高成様のおっしゃる通り、悪いことばかりではなかったと私も思っている。

「哲成……、無事でよかった……！」

　膝から崩れるように座り込んだ樋口様は、哲成様の前で大粒の涙を流した。

「通明。心配かけたな」

「よかった……！　君が誘拐されたと聞いた時、最悪の事態しか頭に浮かばなくて……！　顔を見てようやく安心したよ」

　ご自分の袂を引き、涙を拭っている樋口様を見て、高成様は唇を尖らせる。

「ねえ有仁。友なら樋口くんや志摩姫みたいに号泣してくれるのが普通じゃない？」

「すみません、涙の一滴も出ませんでしたね」

きっぱりと高成様を突き放す有仁様に横槍が飛ぶ。

「あらやだ。有仁だって誘拐されたと聞いた時、ものすごく狼狽《ろうばい》していたでしょ」

「──志摩！　余計なことは言わなくてよいのですよ！」

顔を赤くした有仁様を見て、思わず口元が綻ぶ。

皆様それぞれご心配してくださったことが伝わってきて、すごく嬉しくなる。

「それにしても、皆オレたちが誘拐されたことを知っていたんだね。やっぱり騒ぎになっていたの？」

幸成様が尋ねると、有仁様が首を横に振る。

「いえ、実は春日様から口止めされておりました」

「えっ……」

三兄弟は驚いた声を上げた後、呆然と見つめ合う。

「元々明里殿が我が屋敷に来る予定だったのもあり、君たちの牛車を引いていた牛飼いの童が春日家とわたしに君たちが誘拐されたと知らせを入れてくれました。それで慌てて春日様にお会いしましたが、新帝の即位に向けて内裏が慌ただしい時に、このような事件が明るみに出たら、新帝の門出に水を差すことになるかもしれないと危惧されておりました。なので、春日様と相談して君たちは三人揃って風邪を引いて寝込んでいると周囲には伝えることにしたのです」

「そ、そうだったんだ……」

「ええ。君たちには申し訳なかったのですが、今は新帝の即位が迫った大事な時期ですので、春日様のおっしゃることも間違っていないと思い勝手に判断しました」

「いや、それでいい。騒がれても面倒だしな」

哲成様が有仁様を気遣っていると、樋口様がおずおずと口を開く。

「あの、私は哲成に会いに来て春日様から直接誘拐事件を伺ったのですが、春日様はすぐに戻ってくるから騒ぐな、とおっしゃっていました。なのでしばらく様子を見ていたのですが、なかなか戻ってくる気配がなかったので、最悪を想像して……。ああ、本当によかった……！」

樋口様がまたご自分の袂に顔を埋める。

高成様は哲成様と幸成様と顔を見合わせて苦い顔をしていた。

「……ねえ、一つ聞きたいんだけど、僕たちが誘拐されている間、両親たちは僕らを救出しようとしていた？」

樋口様はすぐに顔を上げて口を開く。

「もちろん、それはされていましたよ。ただ春日家には私兵もいないし、自分たちも播磨から少数で戻ってきたからどうしたらいいかとはおっしゃっていました。なので樋口家から極秘で捜索隊を出しました」

「ええ。春日様からご相談を受け、我が家も樋口殿と同じく捜索隊を出し、連携して捜索しておりました。ただ何分京は広くて手がかりもなかったので、かなり難航しておりました。自力で帰ってきてくれて、本当に安心しています」

「……そう。二人とも本当にありがとう」

高成様は深く頭を下げた。

「帰ってきたという知らせも先ほど春日様からいただき、内裏で有仁様とお会いして一緒に伺った次第です」

春日様も、ご心配してくださっていたんだわ。

手を尽くしてくださった皆様に心から感謝する。

それでもどうにも晴れない顔をしている三兄弟が気になった。

「それで、誘拐されていた間はどんな感じだったの？　犯人はわかった？」

志摩に尋ねられて、首を横に振る。

「わからなかったの……」

口を噤んだ私の代わりに、高成様が誘拐された経緯をざっと説明してくれる。

「──それで一番引っかかっているのが、賊が誘拐する人物を間違えたって言ったんだ。おかしいと思わない？」

「はあ？ 間違えた？」

「そう。誰と間違えたかは教えてもらえなかったけれどね」

「どなたと間違えたのでしょうか……」

樋口様が腕を組んで考え込んでいる。

「あの、私の顔を見て賊は間違えたと言いました。ですので、本当は別の女性を誘拐する予定だったのかもしれません」

「別の女性って、もしかして志摩のことですか？」

「えっ、あたし!?」

有仁様が扇でペシペシ自分の額を叩いている。

「そうでしょう。元々は志摩が危ないと言っていたんですよ。そんな中で明里殿が間違えて誘拐されたのなら、元々志摩を誘拐する予定だったのでは？」

「お待ちください、有仁様。そうだとしたら、あの赤の襲を指定してくる文はやはり今回の誘拐事件と繋がっているということですか？」

志摩が危ないのではないか、と思ったのは、元々あの赤の襲の文からだ。あの警告は志摩を誘拐するという警告で、あの赤の襲の文が誰から送られたかを突き止めたら、今回の誘拐事件も自《おの》ずと犯人がわかるということなのかもしれない。

「あの、赤の襲の文とは……？」

ああ、そうだった。樋口様はご存じないのだった。

簡単に説明すると、樋口様は顎に手を添えて少し考えた後に「関係がありそうですね」と呟く。

「志摩殿に何か恨みを抱いている方の仕業でしょうか……。護衛を増やしたほうがいいと思います」

「恨みって……！　あたし別に恨みなんて買ってないけど！」

「そんな。志摩の前で塵芥《ちりあくた》のように敗れ去った男たちを、山のように見ているわたしには何も言えません。樋口殿のおっしゃる通り、護衛を増やしましょう。いや、志摩がわたしの屋敷から一歩も出なければすむ話ですが」

有仁様の容赦のない返答に、志摩は唇を不満そうな顔をしながら噛み締める。

「――ごめん。何だか眩暈がしてきた」

　突然高成様が、抱え込んだ膝の上に顔を伏せた。

「えっ大丈夫ですか？　高成様、横になられますか？」

「うん。休むよ」

「昨日戻ってきたばかりでしたね。無理させてしまって申し訳なかったです。早く休めるように、今日のところは帰りましょう」

　有仁様が高成様を気遣って立ち上がると、志摩と樋口様も立ち上がった。

「明里もゆっくり休んで。また落ち着いた頃に顔を出すわ」

「志摩、ありがとう。志摩こそ気をつけて」

　心配で志摩の手をきゅっと握る。華奢な指先は氷のように冷たい。

「……もし本当にあたしのせいだったらごめんなさい」

　その言葉を聞いて、誘拐されたのが私でよかったと思う。

　大変だったけれど、間違えたから賊も深追いせずに見逃してくれたはず。もし志摩だったら、と最悪を想像してぞっとした。

「謝らないで。まだそうと決まったわけじゃないから」

　志摩が自分を責めることのないように、必ず真相を突き止めようと誓った。

志摩たちを見送った後に部屋に戻ると、体調が悪いと言った高成様をはじめ、哲成様も幸成様もまだ部屋にいた。

「高成様、大丈夫ですか？　早くお部屋に戻られて横になったほうが――」

「大丈夫。すぐに確認したいことがあったから、帰ってもらっただけ」

では、先ほどの体調不良は嘘？

「明里ちゃん。落ち着いて聞いてほしい」

「え？」

「――今回の誘拐事件の犯人は、僕らの両親だよ」

淡々と告げられたその言葉が信じられず、呆然と高成様の顔を見つめる。

「今、哲成と幸成と話していた。有仁や樋口くんの話を聞いて、君は何か変だと思わなかった？」

「変、ですか？」

思い返してみたけれど、特に引っかかることはなかったはず……。

「僕らが誘拐されたと知った父上は、すぐに戻ってくるから騒ぐな、って言っていたって樋口くんが教えてくれたよね」

ハッと目を見張る。待って。まさか――。

「なぜ……私たちが《すぐに戻る》とわかっていたのでしょうか……」

心臓が急激に早鐘を打つ。嫌な予感に飲み込まれて、全身が凍りついていく。

声が揺れた私に、哲成様が落ち着いた声音で話しかける。

「つまり俺たちが《志摩と間違えて誘拐された》ことを父上は知っていたからそう言えた、のだろう。牛飼いの童から父上に我々が誘拐されたという知らせがあったと本人も言っていたな。間違えて誘拐されたと知ってすぐに、賊に人違いだから早く解放しろと連絡でも入れたのだろう。だから通明にすぐに戻る、と言えた」

確かに帰ってきた私たちを出迎えた春日様は、《牛車を引いていた牛飼いの童たちから賊に誘拐されたと聞いた》とおっしゃっていた。

「うん。だから攫われたことを知った樋口くんが取り乱すのを見て、父上はこれ以上大ごとにしたくなくて、すぐに戻るだなんて口を滑らせてしまったのかもしれない」

「そうだね。樋口殿は蔵人所で働いているんでしょ？　帝の側近だよ。落ち着かせないと、父上の悪事があっという間に先帝の耳に入ってしまうよね。新帝の即位の件があるからと騒ぎにさせずに有仁を丸め込んで黙らせたのも、父上だよ」

まさか、そんな——。

「確かに、何か不穏な気配がしますが……」

皆様のお父上様のことを頭から否定する気にはどうしてもなれなかったし、嘘だと思いたかった。

「怪しいということはよくわかりました。ですが、春日様が本当は志摩を誘拐しようとしていたとしたら、一体どんな理由で……」

なぜ春日様が志摩を誘拐しようとするの？

全く結びつかずにただただ頭の中が混乱する。

狼狽する私を見つめながら、高成様が口を開く。

「さっき有仁も言っていたけれど、もうすぐ新帝の即位の儀が行われる。そうは言っても、新帝はまだ五歳。当分は今まで通り白河院が実権を持ち続けるだろうけれど、白河院は高齢だし、恐らくこの先十年のうちに先帝が政治の実権を握ると思う」

その話は、以前志摩から聞いた。

――周囲の公家たちの思惑もあるでしょうし。

急にその言葉を思い出して、背筋に冷たいものが走る。

青い顔をした私に、哲成様が断言する。

「ああ。父上は自分が返り咲くために志摩を利用しようとした」

それはつまり……。

「再び返り咲くとは、政治の表舞台にまたお戻りになるということですか？」

「そうじゃないかとオレたちは思ってる。以前父上が太政大臣だった時、急に辞めて播磨に去ったってことは知ってるよね？」

幸成様の問いかけに、頷く。

「はい。噂で聞きました」

都の片隅で暮らしていた私にも聞こえてくるくらいの、大きな事件だった。

以前高成様からは、心の病で隠居したと聞いたけれど、不自然と言えば不自然だ。

「内裏にはいくつか派閥があるんだ。政治の世界にはつきものだけどね。一切表沙汰にはならなかったけれど、実は水面下で父上はその派閥争いに負けて、急遽《きゅうきょ》辞任することになったんだよ」

「――えっ」

思わず大きな声を上げてしまって、袂で口元を押さえつける。

そういえば、以前樋口様も派閥があるとおっしゃっていた。

高成様が苦い顔をしながら大きなため息を吐く。

「今後一切内裏に戻らない代わりに、異例だったけれど僕ら三人を参議にねじ込んで父上は都を去ったんだ」

「そう……だったのですか。では今回の誘拐事件は、志摩を攫って先帝を脅迫し、内裏でのご自分の地位を確保するおつもりだった……とか」

自分で考えていることが恐ろしい。でもそうとしか思えない。

震える声で告げた私に、三人は静かに頷いた。

「――僕らの意見はそう一致したよ」

高成様のお言葉に、思わず目を強く閉じる。耳も塞いでしまいたかった。

「眩暈がするでしょ？」

瞼を開くと、その先で高成様が自嘲していた。

「そういう汚い世界が僕らの日常なんだよ」

その声音から、都から出たいと言った高成様を思い出す。このようなことが日常だなんて、高成様がそう願われることは無理もないだろう。

私にできることは何だろうか。

何もできないとわかっているけれど、せめてそのような泥にまみれて帰ってくる時に、笑顔で出迎えたい。

哲成様と幸成様は黙って私を窺っている。

違うのならはっきり否定するだろうし、高成様の言葉に同意しているとわかる。

「でも……、お待ちください」

「え？」

「それではおかしいことがあります。春日様はあの日私や皆様が有仁様のお屋敷に行くのを知っていました。それに牛車には春日家の紋がついております。志摩と間違えるでしょうか？」

尋ねた私に、幸成様が口を開く。

「父上が手配した賊がいいかげんだったんだろうね。あの場に父上はいなかったし、賊はうちの紋を知らなかった、とか。あの日志摩姫も有仁の屋敷に行く予定だったんでしょ？　賊は有仁の屋敷に向かう女が志摩姫だって思い込んでいたんだよ」

確かに志摩も私と同じ日に有仁様のお屋敷に移る予定だった。

訝《いぶか》し気に眉根を寄せる私を、高成様が優しい声で諭す。

「あの時君も聞いたでしょ？　賊は《元々女が乗っているのは知っている》って言ったんだ。賊は牛車に女性が乗っていて、しかも檳榔毛車《びろうげのくるま》に乗っていたし、僕らがいるのを見て、君をかなり身分の高い、先帝の妹姫だと誤解したんだと思う」

確かに、知らなかったと言われればそれまでだ。

私だって、全ての家の紋を把握しているわけではない。彼らから見たら牛車の種類や格なんて何があるかも知らないのかも。でもこれから襲うというのに、それもわからないなんて、どうにも闇雲すぎないかしら。

もし本当に春日様が考えたとしたら、この計画は杜撰《ずさん》すぎる。

太政大臣にまで上り詰めた方ならもっと……。

「明里が父上の悪行を信じたくないのはわかる。だが俺たちはそのような父上の姿を幼い頃から見てきた。やりかねないと思っているし、父上が犯人だとしても、別に悲観もしていない」

私が腑に落ちない顔をしていたら、哲成様がきっぱりと言い切った。

「ですが……」

「父上はそういう男だよ。明里には信じられないかもしれないけれどさ。今回は運悪くオレたちも巻き込まれてしまっただけなんだよ」

平然と紡がれる幸成様の言葉に、皆様は春日様のそのような悪行を受け入れているのかしらと疑問になる。

「あの、皆様はどうされたいのでしょうか」

疑問に思ったことを口にする。三人とも私の言葉に目を瞬いていた。

「春日様の悪行を見て見ぬふりをして、内裏に返り咲くのを手伝い、息子として支えるおつもりなのでしょうか。それとも、このようなことをしてほしくないと、お止めになるおつもりですか？」

しばらく沈黙が続く。でも急に高成様が笑い出した。

「愚問だね。僕は父上を許すつもりはないよ。正直、父上に内裏に戻ってきてほしくない」

「そうだな。内裏でやりにくくなる。仕事の邪魔だ」

「うん。隠居していてくれたほうがよっぽどいいよ」

三人は顔を見合わせて大きく頷く。

「……明里ちゃんは、もし僕らが父上と同じように悪いことをしようとしていたら、どうする？ 手伝う？ それとも——」

高成様は意地悪く私に向かって尋ねる。

「それこそ愚問です。私は皆様の女房ですから」

「なるほど。僕らの命令は絶対だから、君は僕らの手足になって、悪いことを一緒にしてくれるんだ」

「いえ。私は皆様の女房ですから、うんざりするほど叱った後、正しい道へ進めるように粘り強くご指導いたします」

にっこり笑むと、三人は声を上げて笑った。

「悪さはできないな」

「そうだね。明里はオレの嫌がらせにも耐えきるくらい、図太いからね」

「図太いって、何ですか！」

もう、と目を吊り上げると、幸成様はケラケラ笑う。

ああ、戻ってきてからようやく、そのような無邪気なお顔を拝見することができた。

「明里ちゃんがいてくれることで、僕らは道を踏み外さずにすみそうだ。——ねえ、今言ったことは、あくまで仮説だよ。でも限りなく正解に近いと思ってる。君も父上と母上には用心してほしい」

高成様が満足そうに笑みながら、私に言い聞かせる。

「まずはこの誘拐に父上が関わっている証拠が必要だな」

「うん。言い逃れできないようにしないと、うまいこと言って逃げられるよ」

三人は証拠集めをしようと話し合っている。

そう言われても、私はまだ、本当に春日様が犯人だと断言していいのかわからないでいる。辻褄《つじつま》が合わないところや、腑に落ちないことが沢山ある。

でも細かいことを気にしなければ、高成様がおっしゃる通り、限りなく正解に近い、のかもしれない。

　私にはどうしても春日様がそのようなことをするとは思えないのは、私が春日様のことを一つの側面からでしか見たことがないからだと思う。

　そしてこの疑惑が、家族の絆《きずな》を断ち切ってしまわなければいいと考えていた。

二

「ああ、全然尻尾を出さないんだけど！」

　高成様が、悶絶《もんぜつ》して頭を抱えている。

「食べている時くらい、静かにしなよ」

　幸成様が高成様を睨みつけ、苛々しながら夕餉を食べ進めていた。

　哲成様は汁物が入った椀《わん》を片手に、さっきからずっと考え込んでいる。

　ここ数日、夕餉の時が状況報告会になっていた。

　でも高成様がおっしゃる通り、ご両親に不審なところはまるでない。

「明里ちゃん。今日はどうだった？」

　食事の手伝いで傍に控えていた私に、高成様が話を振る。

「いつも通りですよ。お二人ともずっと家におりましたし、訪ねてくる人もおりませんでした。夕悟も屋敷にいたようで、特に外部と接触している感じはありません。雑仕の方にもお聞きしましたが、どなたかに文を送るような動きもなかったと」

先日伏見稲荷大社の南にある廃墟まで行ってくれた信頼のおける雑仕にも見張ってもらっているが、賊と連絡を取っている感じはまるでない。

何か手がかりがないかと考えて、なるべく目を光らせてご両親の周囲を仕事と称してうろうろしているけれど、不審な点は感じられない。

春日様たちから声を掛けられても、体調はどうかとか、ご兄弟はどう過ごしているかとか、心配している言葉ばかり。

春日様と北の御方様は、私たちが誘拐された日に内裏に行く予定だったけれど、ちょうど出発しようとしていた時に誘拐の報が入ってきて、お二人は内裏に行くのをやめたそうだ。

特に不審なところが何もなく、心配ばかりしてくださるお二人を勝手に疑っているので、後ろめたい気持ちを抱えていた。

「あ、そういえば、有仁から志摩姫の文を預かってきたよ」

「えっ、志摩からですか⁉」

「うん。僕らが食べている間、読んでいていいよ」

今、志摩は有仁様のお屋敷で、軟禁状態で過ごしているらしい。

屋敷から出ることは有仁様から禁じられ、見張りのような人もいるそうだ。ひたすらぼんやりしているのが性に合わなくて死にそうだとこの間貰った文に書かれていた。

受け取った文は分厚い。愚痴が沢山書かれていそうだと思いながら開く。

でも——。

「これは……。あの赤の襲の文」

美しい紅梅色の薄紙に包まれていたのは、赤を主体に襲の色目を考えてくれ、というあの文。

「例の文が入っていたの？」

幸成様の心配そうな声に、現実に引き戻される。

「は、はい。あ、志摩からの文も……」

志摩の文字に目を走らせる。

「どうやら、昨日内裏に届いたようです。相変わらず赤の襲の色目でということと、もう一度鈍色が指定されていると。返事はあの誰もいない屋敷に、ということです。

今までと同じ内容の文だったから、そこまで火急ではないと考えて念のため有仁様に文を託す、と」

同封されていた葛姫の文を開いてみると、志摩が言った通り、赤と鈍色の襲の色目を考えてほしいという内容だった。

これで赤の襲の文が届くのは四度目だ。どう考えても、おかしい。

「再度の警告……、かな」

「もう一度、志摩を襲うということでしょうか？」

「もしかしたら、だね。でも有仁の屋敷にいる限り大丈夫だよ。春日家なんかより警備も万全だ。この文が届いたことは有仁も知っているだろうから心配しなくていい」

高成様の温かい言葉で、焦る気持ちが徐々に落ち着く。

「昨日、か。昨日父上たちに不審な点はなかったよね」

「はい。特に何も……」

昨日も今日と同じく家にいて、誰かが訪ねてくることも出かけることもなかった。どなたかに文を出している感じもない。

「ねえ。やっぱり《葛姫》の目的って、志摩への脅しや警告じゃなくて、何か別の意味があるんじゃない？」

「え……？」

幸成様のお言葉が上手《うま》く頭の中で処理できなくて、目を瞬く。

「前にも似たようなことを言ったけれど、わざわざこれから事を起こすって犯人が、目標にしている人間に、あらかじめ今から襲いに行きますだなんて言うと思う？　そんなまどろっこしいことをして警戒されて、逆に自分の身が危うくなったら元も子もないでしょ」

「……そうですね。黙って実行したほうが成功率は上がります」

葛姫の文が届いたことで、志摩は内裏を出て、安全な有仁様の屋敷に避難している。襲いづらくなったのは確か。

「幸成の言っていることは一理あるよね。脅しや警告ではないとすると、葛姫は犯人の真の目的を知っていて、それを止めたいけれど自分ではできないから、明里ちゃんと志摩姫に襲の色目を選んでもらうって形で助けを求めているってところ……かな」

警告ではなく、助けを求める文――。

しつこく何度も赤の襲でと指定してくることで、印象に残る。

そこにある時から凶色である鈍色を同時に指定したことで、これはただの依頼ではないと私たちに思わせた。

――何かある。

そうだ、何か意味があるのだ。志摩と私宛てに送ってくるという意味が。

数多ある色の中で、わざわざ《赤》を指定したことに理由があるはず。

「もし本当に父上が犯人だとしたら、父上の真の目的を知っていて、尚且《なおか》つそれを止めたいと思っている人物か」

哲成様が腕を組んだ時の衣擦《きぬず》れの音がやけに響いた。

それはもしかしたら——。

「母上、だね」

高成様が抑揚のない声で呟く。

「その理論から言ったら、葛姫は母上だ」

今まで何度も、あの人を止めて、と訴えていたのかもしれない。

そう思ったら、胸がちくりと痛んで唇を噛み締める。

幸成様が肩を落として項垂れた。

「直接オレたちに言えばいいのに」

「……そうはいかないのかもしれないな。父上と母上は都に戻ってきてからほとんど一緒にいる。夕悟が父上の味方だとしたら、母上は常に誰かに見張られている状態だ。母上がそんな話を俺たちにしたら、夕悟を介してすぐに父上の耳に入るだろう」

だから、自分ではなく葛姫という架空の人物を作り出していたのか。

でも……。

「お待ちください。初めて葛姫から文が届いたのは、ご両親が都に戻る前です」

葛姫が北の御方様だとしたら、私と志摩が姫君の襲の色目を選んでいることも知らないはず。

知らない……、はず？

途端に、北の御方様と初めてお会いした時のことを思い出す。

あの時、私と志摩が襲の色目を選んでいることを北の御方様は知っていた。

「申し訳ありません……。自分で言っておきながら、変でした。北の御方様はなぜか私が姫君たちからの依頼を受けて、襲の色目を選んでいることをご存じでした。帝や有仁様と装束の話をしたこともご存じで……。てっきり春日家に来る道中に幸成様が私のことをお話ししてくださったのかと思っておりましたが……」

「ええ？　明里が姫君たちの襲の色目を選んでいることなんて、オレは伝えてないよ」

きょとんとしている幸成様は、嘘を言っているようには思えなかった。

「恐らく、父上と母上はここに来る前に明里ちゃんのことを調べ上げているよ」

「高成の言う通りだ。両親のことだから他の女房と違って長く勤めている明里の素性は確実に把握しているはずだ」

高成様と哲成様の言葉を聞いて、信じたくないけれど、そうだとしか思えなくなる。

幸成様がお話ししていなければ、初対面の私の情報なんて知らないはず。

「あの両親ならやりかねないよ。おおむね、播磨で今回の計画を聞いた母上が、向こうにいた時、もしくは播磨を出立した頃から葛姫として文を送っていたんだよ。あの人、勢いだけで突っ走るし。ますます母上が葛姫だと疑惑が深まったな」

こくりと頷いたけれど、もやもやした気持ちはさらに重さを増す。

「それなら何とかして北の御方様にお話を伺ってみてはいかがでしょうか」

提案するけれど、三兄弟は苦い顔をしたままだった。

「そうなんだけど、いきなり母上だけ呼び出しても、父上は警戒するよ。恐らく僕たちが誘拐犯を捜しているのも父上は知っているだろうし、絶対阻止されると思う」

確かに今、北の御方様だけを呼び出して話を聞くのは、春日様を疑っていると高らかに宣言しているようなものだ。

それでもどうにかして北の御方様に接触したい。

「あの、もしかしたら私ならば、疑われることなくお話を聞けるかもしれません」

提案すると、三兄弟は目を丸くする。

「以前、春日様たちは新帝の即位の儀が終わったら、今度は新帝にご挨拶に伺うとおっしゃっておりました。北の御方様がその時にお召しになる装束を、私が選びたいと申し上げてみます。そうすれば二人きりになれると思いますので、そこで探りを入れつつ伺ってみます」

私の申し出に、三人は微妙な顔をした。でもすぐに頷く。

「できれば君にはもう危ない橋を渡ってほしくないんだけど……。でも心強いよ。無理なら無理でいいから、もし聞けるようであれば、聞いてみてほしいな」

「はい！」

高成様から頼りにされて、心が弾む。

自分にもできることがあるとわかったら、前向きな気持ちになれた。

三

志摩にも相談して、結局葛姫への返事は送らなかった。

送り先はあの誰も住んでいない屋敷で、返事を読んでいるのかもわからないのなら、書いても書かなくても同じだと思ったから。

「──明里」

呼びかけられて、縁を歩いていた足を止める。振り返ると、夕悟が立っていた。

「夕悟。体調はどう？」

戻ってきてから、何度か夕悟と軽い挨拶を交わしている。それくらいなら三兄弟も許してくれているし、山の中で夕悟の世話になったからか、前ほど口うるさく言わなくなった。

「何度も言っただろう。全く問題ない。明里はどうだ」

「私も問題ないわ。山から戻った次の日から普通に仕事をしていたし」

微笑むと、夕悟は微笑み返してくれる。

哲成様は夕悟が春日様の味方だとしたら、と仮定していたけれど、夕悟も誘拐事件に巻き込まれたのだから、恐らく春日様の思惑は知らないと思いたい。

「ねえ、夕悟。最近春日様と北の御方様はどう？」

「突然何だ」

しまった。あまりに唐突すぎたかも。不審だったかと思ってひやりと背筋が凍る。

「えっと……、最近ご兄弟の疲れが取れないからつきっきりになっていたこともあって、あまり春日様のお世話ができなかったの。お変わりはないか知りたくて」

　嘘を吐くのは心苦しかったけれど誤魔化すと、夕悟は「そうか」と頷いた。

「春日様はいつも通りだ。強いて言えば、即位の儀が近づいてきて、ご友人が忙しいようだから会うこともできなくて寂しいと嘆いていたくらいだな」

「確かにお出かけもなさっていないようだし、屋敷に訪ねてくる方もいらっしゃらなくなったわね……」

　即位の儀式は如月十九日に行われると聞いた。あと五日ほどだ。

「お元気そうならよかったの。何か春日様からお願いされたことがあったら、私も手伝うわ。日常に戻って大分仕事にも余裕が出てきたし。だからいつでも呼んでね」

　春日様に疑われないように自然に接触したい。

　北の御方様の装束選びのこともあるけれど、機会は多ければ多いほどいいはず。それには夕悟を介したほうがすんなりとお傍で仕事ができるかもしれない。

「わかった。何かあれば呼ぶ」

　夕悟を利用しているようで申し訳なかったけれど、何か事が起こってからでは遅い。この屋敷の中で起こること全てを、把握しておきたいと思ってしまう。

「――明里。帰ったんだけど」

怒気を含んだ声音で、幸成様だとわかる。

「すみません、すぐにまいります」

縁の端のほうで不貞腐れたように眉を顰める幸成様に声を掛け、夕悟に「ごめんね」と謝る。さっさと歩き出した幸成様を追って、小走りで縁を進んだ。

「幸成様、お帰りなさいませ」

今日は虫の居所が悪いのかしら。ひやひやしながら声を掛けると、幸成様は私の腕を強く掴み、ご自分の部屋に引き込む。強引に壁に背中を押しつけられ、幸成様との距離がなくなった。

しんと静まり返った世界に、痛いくらいの緊迫感が張り巡らされる。

「――ねえ。夕悟と必要以上に話すなよ」

「え……、で、でも情報を……」

「夕悟からは得なくていいよ。明里はあいつのことを信頼しすぎ」

「信頼、してはいけませんか？」

口ごたえとわかっているけれど、つい言い返すと、幸成様はさらに眉を顰める。

「駄目だ。あいつは基本的に父上の味方だよ？　父上側の人間だ」

「ですが、もしそうだとしたら、私たちと一緒に攫われることはないかと……」

「まあね。でも何かの手違いで一緒に攫われたのかもしれないでしょ？　もしくは父上と結託していて、オレたちの見張り役としてわざと一緒に攫われたのかも」

「幸成様、それは山の中でのことを思うと無理があるかと……」

「どうでもいい。とにかくあいつと必要以上に話さないでよ」

「そんな……」

摑まれた手首は離れる気配はなく、幸成様の熱がそこからじわりと伝わる。

理由なんてどうでもいいから夕悟と話すな、だなんて理不尽だ。

でも――、なぜだろう。まるで……。

「やきもち、ですか？」

つい呟いた。すると幸成様は両目を際限一杯まで見開き、頰を一気に赤く染めた。

肯定も否定もしない。でもその頰の赤さが答えだ。

「そ、そんなのじゃない！　明里を見ていると危ないから……！」

「そうですか……。一応私もいろいろ考えて行動しておりますから大丈夫ですよ！」

否定されて、私の思い違いだったとわかったら恥ずかしくなって、無理やり明るい声を出す。

そうよね。やきもちなんて、妬《や》かれるわけ……。

「何で明里って、そんなに鈍いの……？」

「鈍いって……」

なぜか幸成様の機嫌がさらに悪くなっていて戸惑う。

「夕悟のことを初恋の人だとか、信頼しているとか、聞いていてオレは全然面白くないんだけど」

「別に面白いことを言っているわけではないので、面白くなくて当然だと……」

「やきもち、妬いてる」

私の声を遮った幸成様は、息を飲んだ私をまっすぐに見つめている。

「だから、全然面白くないんだけど」

けしかけたのは私だ。

でも、そんなにすんなり認められたら、どんな言葉を返せばいいかわからなくなる。

ただ、体温が上がっていく。

心臓が大きく弾んで、自分が小刻みに震えているような気がする。

──少なくともオレは……、明里がいいし。

山道で幸成様が言った言葉が、赤く色づく。

あの時は聞き流してしまったけれど、もしかしてあれは……。

「明里はオレのこと、弟とかそんな風に思っているんだろうね。だから平気でオレにこんな装束を着せるんだ」

幸成様が纏っているのは、表は淡青、裏は二藍《ふたあい》の薄桜萌黄《うすさくらもえぎ》の直衣。

私が選んで、今朝着つけたもの。

「今日内裏に行って有仁に会ったら、よく似合っているって褒めてくれたよ。自分はそろそろ着るのに勇気がいる歳になってきたから、幸成は今のうちに着ておけって」

薄桜萌黄の重ねは、若者が着ることができる重ね。

有仁様だってもちろん着ることはできるだろうけれど、率先して選ぶことはもうないのかもしれない。現に私も高成様と哲成様にこの色目の装束を選んだことはない。

「——オレのこと、まだ子どもだと思っているんでしょ？」

その言葉に、「そんなつもりではありません……」と声を上げたつもりだったけれど、掠れてしまって、届いたか心配になる。

今しか着ることができない重ねの色目があるなら、楽しんでいただけたらと思っただけなのに。

「オレが明里に向けるのは、やきもちではなく、ただの我儘《わがまま》だと思っていたんだ」

幸成様の左手が私の背に回り、一気に引き寄せられる。私たちの体の間に隙間はなくなり、私は薄桜萌黄の衣の中に閉じ込められた。

「ゆ、幸成様……」

「ねえ、今のオレは明里より背が高いって気づいてる？」

その言葉の通り、幸成様の双眸は私の目線より上だ。

「気づいています……」

「ねえ、オレのほうが明里より力も強いってわかってる？」

私を抱きしめる腕は、びくともしない。

「わかっています……！」

鼓動の音がうるさい。

私の鼓動か、それとも幸成様の鼓動なのか、わからなくなる。

「ゆ、幸成様。お放しください。こんなところをどなたかに見られたら……」

「別に見られたってオレはどうでもいいんだけど」

「そんな。私は——」

どうする？　私は、私自身は、どうしたいの？

その問いを考える間もなく、自分が《しかるべき姫》ではないのを思い出す。

私に選択肢なんて初めから存在しないと思って、何かが芽生えそうになるたびに打ち消してきた。

でも、隠してきたものが、強引に暴かれる。

言葉が落ちない私に、幸成様が小さくため息を吐く。

「……突然変なことを言ってごめん」

え、と体が強張る。そのうちに私の腕を掴む手の力が緩む。

あ――。離れて……。

「――なんて、言うと思った？」

もう一度その手に力が入る。

力任せに強く抱きしめられて、心が悲鳴を上げる。

「ねえ、もっとオレのことを考えてよ。高成でも哲成でもなく、夕悟でもなくオレのこと、考えて」

耳元で囁かれて、甘い痺《しび》れが背筋を駆け上がる。

思わず強く閉じた瞼の裏が、燃えるように赤い。

痕を残されるように、鮮烈な赤さが焼きつく。

これでは瞼を閉じるたびに、幸成様を思い出して考えてしまいそう。

もう、薄桜萌黄の重ねは選べない。

この色目を選ぶたびに、今日のことが蘇ってくるだろうから。

四

「──りさん、明里さん？」

「えっ、あっ、はい！　失礼いたしました！」

ぼんやりしていた私を、北の御方様は心配そうに覗き込む。その後ろには春日様もいらっしゃった。

「大丈夫？　何度か呼んだのだけれど」

「す、すみません。考え事をしておりまして……」

「やはりまだ山での疲れが残っているのかしら。貴方、どうする？」

「そうだなあ。やはり自分たちで装束は考えるか」

「えっ、装束ですか？」

尋ね返すと、お二人は困ったように頷く。

「ええ。もうすぐ新帝の即位の儀があるでしょ？　以前話したと思うけれど、それが終わったら挨拶に出向こうと思うのよ」

「うむ。この間はそなたたちの誘拐事件が起こったことで、先帝に挨拶に伺えなかったからな。先帝にお伺いしたら新帝とご一緒に先帝もお会いできることになったのだ。だから今度は必ず行こうと考えているのだが、また明里殿に我々の装束を選んでもらえないかと相談していたのだ」

「そうなのよ。この間の襲の色目でもいいかなと思ったのだけれど、やっぱり何となくあの色目を見ると誘拐事件のことを思い出してしまうのよね。だから心機一転、貴女に新しい色目を選んでもらいたいの」

「もちろん選ばせてください！」

食い気味に叫んだ私に、お二人は驚いた顔をしていた。

情報を得る機会が来たと思ったら、つい興奮してしまったのを後悔する。

「わ、私、装束の色目を考えている時が一番楽しいんです。気晴らしにもなりますし、是非選ばせてください！」

弾んだ声を上げると、お二人は笑顔になる。

「ありがとう。すごく助かるわ。一応、先帝と新帝には即位の儀の三日後に伺うとお話ししてあるの。でももし体調が悪くなって難しそうならすぐに言ってね」

「はい、わかりました。お気遣いいただきまして感謝しております」

深く頭を下げると、お二人はその場から去っていった。

その姿を見送って、ほっと胸を撫で下ろす。

何とか北の御方様と二人きりになる機会を得ることができそうだ。でもこれで誘拐に春日様が関わっていることが確定してしまったらどうしよう。

そうしたらご両親と皆様とのご関係はどうなってしまうのかしら。

それでも、悪いことを考えているのならば、お止めしなければ。

私は静かに決意し、この騒動が何の亀裂も生まずに終わりますように、と願った。


「明里殿。お加減はいかがでしょうか」

帰ってきた哲成様と一緒に、樋口様が顔を出した。

「ありがとうございます。おかげでもうかなり元気です」

「それは安心しました。これ、明里殿におみやげをお持ちしました。米粉の生地をねじった揚げ菓子です。よければ仕事が終わった後にでも召し上がってください」

樋口様は優しい笑顔と共に、包みを差し出す。

「わあ！　ありがとうございます。すごく嬉しいです。でも一人では食べきれませんから取り分けてお持ちしますね」

「はい。ではお願いします。哲成は……」

「俺も食べるぞ。持ってこい」

哲成様は揚げ菓子がお好きなのか、よく召し上がるのよね。樋口様はそのことをご存じで持ってきてくださったのかも。お二人の仲の良さを感じて微笑む。

白湯のご用意をして、菓子と一緒にお持ちしようと縁を歩いていると、ちょうど高成様と幸成様がお帰りになったところだった。

「誰か来ているの？」

幸成様が眉を顰める。あれから何か変わるかと思ったけれど、幸成様は特に変化もなくいつも通りだ。私ばかりどこか緊張してしまっている。

「はい。樋口様が哲成様といらっしゃいました」

「ふうん。樋口くんが来てくれているんだね。僕も挨拶しようかな」

高成様が私の肩を抱いて歩き出す。う……、幸成様の視線が痛い。

「やあ、こんばんは。樋口くん」

「これは高成様と幸成様。お邪魔しております」

樋口様は私たちを迎え入れ、座っていた場所を詰めて場所を作ってくれる。

「今、通明に先帝の様子について聞いていた」

「皆様は先帝にお会いしていないのですか？」

尋ねると、高成様が頷く。

「会える状況じゃないよ。即位の儀が迫っているから、僕らは儀式の準備や練習とかに明け暮れて、とてもじゃないけれど話なんてできないな」

「ああ。やることが多すぎるからな」

確かに皆様はここ数日お忙しそうだ。

儀式はあらかじめいろいろと作法が決まっているだろうから、その準備で精一杯なのか。

「樋口くんから先帝の近況が聞けるのはありがたいよ。特に変わったことはない？」

「はい。特に何も。いつも通りですよ」

樋口様のお言葉に、皆胸を撫で下ろしている。先帝の側近の一人である樋口様が傍にいてくだされば、何かあった時にもすぐに対処できるだろう。

「今は即位の儀に向かって先帝もお忙しくされておりますから、訪ねてくる方もいらっしゃいません。即位の儀が終わった後に、何か起こりそうな予感もしますが……」

その言葉に皆様が真剣な顔になる。

「うん。何かあったらすぐに教えてほしいな。特に僕らの父上には警戒してほしい」

「承知しました。あの、春日様が先帝と新帝に会うご予定などはお聞きしていらっしゃいますか？ 気をつけておきますので」

「そういえば、即位の儀が終わったら会いに行くと言っていたな」

哲成様が「いつかはわからないが」と言ったのを聞いて、口を開く。

「あの、先ほどお二人から即位の儀の三日後にお会いする予定だと伺いました」

「そうですか。ではその日はなるべく先帝のお傍に侍《はべ》るようにし、何かあればすぐにご連絡できるように手配しておきます」

「よろしく頼む」

哲成様が頭を下げると、樋口様はにこりと微笑む。

「お気になさらないでください。私は哲成たちの役に立てて嬉しいんです」

そのお気持ち、よくわかる。私も友人である志摩の役に立てたら嬉しい。

樋口様が哲成様を心配するのもよくわかるし、何でもいいから手伝いたいと思う。

樋口様と哲成様のご関係がいつまでも続いてほしい。

このように親身になってくださる御方がずっと傍にいてくれたら、きっと哲成様もいい方向に向かうような気がした。

第五章　赤――あか――

一

　鳥羽院の御子である新帝の即位の儀が滞りなく終了したとお聞きした。

「――私、赤が好きなの」

　青の小袿を纏った北の御方様が微笑む。

「まだずっと幼い頃に、顔が派手だから赤はさらにキツく見えるって言われたことがあったのよ。幼な心にすごく傷ついて……。でも、夫だけは私の華やかさが増すからいいと言ってくれたのよね。その時、この人と添い遂げたいと思ったの」

　単は紅。そして五衣も全て紅。表着は白で、その全てを包む小袿が青――つまり緑。

――皆紅《みなくれない》の衣。

「明里さんはどうしてこの襲の色目を選んだの？」

「はい。赤は情熱、つまり心として見立て、青は一年中葉が落ちずに緑色をしている常緑樹に見立てました。新帝の覇道が長く続き、いつまでも忠義を尽くしますという想いを込めてこの襲の色目にしました」

「素敵。明里さんに頼んで本当によかったわ。これからも女房として春日家に尽くしてくれると嬉しいわ」

「もちろんです。かしこまりました」

深く頭を下げる。

北の御方様から、特に春日様のことを打ち明けられる気配はない。

ごくりと唾を飲み込んで、意を決して口を開く。

「あの、先帝と新帝へのご挨拶がすんでしばらくしたら、本当に播磨にお帰りになってしまうのですか？」

もし春日様の企《たくら》みがうまくいって、内裏に返り咲くことを想定しているのならば、帰らないとおっしゃるかもしれない。

でも春日様が内裏に返り咲くために悪事に手を染めることを、北の御方様が止めたいと思っているのならば、私は三兄弟に近い場所にいるし、今は二人きりだから何か助けを求めてくるはず――。

ぎゅっと衣を握りしめる。緊張感に全身が支配され、呼吸が乱れた。

「――このまま京にいるつもりよ」

「え……」

「なーんてね。もちろん帰るわよ。しばらく都にいてわかったけど、播磨で誰の目も気にせずのびのびと暮らしていたほうがいいわ」

あっけらかんと笑う北の御方様に拍子抜けして、呆然と眺める。

「そんなに寂しいの？　明里さんからしたら、早く帰ってくれじゃないの？」

「そ、そんな！　ずっとここにいてくれたら私も嬉しいのですが……」

「あら幸せだわ！　また頻繁に遊びにくるから心配しないで！」

まだ頭の中が混乱している私を、北の御方様は強く抱きしめる。

その後も特に私が考えているような春日様の復職のお話は一切出なかった。


「どうだったんだ」

哲成様が心配そうに話しかけてくる。

私の部屋には、三兄弟が集まっていた。

「今牛車で春日様と北の御方様が夕悟と共に内裏にお出かけになりました。その前に北の方様と二人でお話ができましたが、特にめぼしいことは何もなく……」

肩を落としながら報告すると、三人とも項垂れる。

「そうか。いろいろと気を揉ませてすまなかった。思っていた結果を得られずとも気にするな」

哲成様が労《いたわ》ってくれる。

何か、おかしい。

春日様と北の御方様のことを疑ってきたけれど、腑に落ちないことが徐々に表面に現れてきたような気がする。

私たち、めくる札を少しずつ間違えているような……。

「――明里っ！」

御簾が強引に跳ね上げられ、青空を背景に息を乱して立っていたのは、表は紫、裏は青の壺菫《つぼすみれ》の重ねの狩衣を纏った志摩だった。麗しい若武者という風情に、感嘆の息を漏らしたくなるけれど、まじまじと見とれている雰囲気ではない。

「え、志摩!? どうしてここに……！ 危ないわ」

「そんなのわかっているわ。でも早く伝えたほうがいいと思って」

ずかずかと部屋の中に入ってきた志摩は、私たちの前に文を置いた。

「葛姫から届いた文。今朝内裏に届いたみたい。あたし宛ての文は内裏から有仁の屋敷に届けてくれることになっているから、さっき受け取ったの」

志摩は私たちの前で手早く文を広げる。

——赤、黒、白、青を使った襲の色目を考えてほしい。

そう書かれている文を見て、ぐらりと大きく眩暈がした。

今までずっと赤、もしくは鈍色を交えた襲の色目の指定だったのに……。

突然四色に増えた。しかもこの文は明らかにおかしい。

「……襲に使う色の中に、《黒》はありません」

ぼそりと呟いた途端、ぞっとしてぶるりと背筋が震えた。

「確かに、姫君が纏う衣に黒が入っているのを見たことはないな」

高成様が「異様だ」と呟く。

異様。まさにそうだ。幸成様が文を覗き込んで口を開く。

「やっぱりこれは、襲の色目を考えてほしいっていうわけではないね。これで葛姫から文が来るのは五回目……だっけ？　今まで赤の襲の色目ってずっと言っていたのに、急に四色に変わったなんて、何か状況が変化したのかもしれない」

「幸成様の言う通りだと思うわ。突然色が増えたのには理由があるはず」

「状況が変わった、か。俺たちの見立てでは母上が葛姫だと思っていたが、何かあったか？」

きょとんとした志摩に、北の御方様が葛姫だと思った経緯を説明する。志摩は納得したようだった。

「母上はいつも通りだよ。今日母上たちが内裏に向かったくらいかな」

「それを止めろってことなのだろうか」

哲成様が呟くと、私以外の全員が頷く。

内裏に行くのを止める。それを伝えるために？

そうだとしたら、もっと早く文を送ったはず。しかも先ほど私と北の御方様は二人きりだったのだから、いくらでも伝えられた。

もっと何か――。

「いっそご両親に聞いてしまいましょうよ。それが一番早いと思うんだけど。ねえ、さっさと止めに行って問い詰めましょう？」

志摩が煽《あお》ると、三兄弟が腰を浮かす。

それを横目で見つつも、私はまだ葛姫の文のことで頭が一杯だった。

赤、黒、白、青。

これは一体――。

「明里、ほら一緒に行こうよ」

幸成様の声に、顔を上げる。

「あの、お待ち下さい。わざわざ文が届けられたのですから、この配色にも意味があると思うんです。私たち何かとんでもない思い違いをしているような気がして……」

ええ？　と幸成様が首を傾げる。でもすぐに私の傍に座り直してくれた。すると皆様も黙ってもう一度座り直してくれる。

「これは襲の色目ではないのです。だからと言って、他に何か意味があるのかと言われると――」

わからない。考えたら考えるほど、頭の中が混乱してくる。

「でもさ、この色の配色、どこかで見たことがあるよ」

高成様が思い出そうと頭を抱える。

「まあな。よく寺とかに掛かっている布の色だな」

哲成様のお言葉に、思わずもう一度文を確かめる。

「寺に掛かっている布の色って、幕のことでしょ？　でもあれって赤、黒、白、青と黄色が入るよね？」

幸成様に尋ねられて、頷く。

「はい。寺院の祝祭の際に、五色の幕が掛けられます。赤、黒、白、青、黄の五色で五色幕《ごしきまく》と呼ばれますね」

「元は陰陽五行説《いんようごぎょうせつ》から来ているのよね。世界は陰と陽と木、火、土、金、水の五行からなるってやつ。それぞれ色が決まっているけれど、文の指定は四色よ。黄色が入っていないわ」

志摩が私の言葉に補足すると、幸成様が苛立ったように文を指差す。

「そうだとしたら、陰陽五行説よりも一つ色が減るってどういうこと？　この四色はもっと単純な配色になるけど何？」

もっと単純な配色。

もっと――。

その瞬間、目の前に光が差し込む。

煌めいて弾けて、一つの答えを指し示す。

信じたくない気持ちが勝って、唇を噛み締める。これは残酷な答えなのかもしれない。でも……。

「どうした、明里」

その声に現実に引き戻される。顔を上げると、哲成様が心配そうに私を見ていた。

「私……。この一連の首謀者がわかったかもしれません」

心に秘めて、このまま黙っているわけにはいかない。

止めないと、大変なことが起きるかもしれない。

できることなら嘘を吐いてしまいたいけれど、私のことを家族だとおっしゃってくださった、私の主たちを護りたい。

「え、わ、わかった？　明里ちゃん、一体誰が……」

声を揺らす高成様に、小さく頷く。

「今よりもっと昔、我が国の古代の頃の話です。最初に名前がついた色が、赤、黒、白、青の四色でした」

全員が私の言葉に耳を傾けてくれている。

「古代の方々は、色を太陽の出没に関係して、明るいか暗いか、はっきり見えるか、それとも、もやっと漠然と見えるか、として捉え、これを《明《めい》、暗《あん》、顕《けん》、漠《ばく》》という言葉で表しました」

「明暗顕漠？」

哲成様が訝し気に眉根を寄せながら首を傾げる。

「はい。《明》は夜明けとともに空が赤く色づいていく状態。《暗》は夜の暗闇のこと。《顕》は辺りがはっきり見えることを表す《著《しる》》から転じた言葉で白。《漠》はそれ以外の漠然とした世界のことを青と言いました」

漠は明と暗の中間の状態のことで、青みがかった状態を指す。

「つまり、明はアカ、暗はクロ、顕はシロ、漠はアオに対応する言葉であるとしたのです」

そこまで口にして、目を伏せ、ごくりと唾を飲み込む。

「《明里》も、朝焼けで空が赤く染まった時に私が生まれたからと父上にお聞きしました。今までずっと葛姫は赤の襲を指定してきました。この文に書かれた赤、黒、白、青を明暗顕漠に当てはめると、赤は《明》だと言っているのです」

視線をそっと、哲成様に向ける。

「《明》に関係している人は、自分と——樋口通明、様です。私たちはどこからか全く違うほうを見ていたのだと思います」

哲成様はハッと息を吞んだ。全員の目が、哲成様に向かう。

春日様は政成様だ。そして北の御方様は寧子様。初めて会った時にご挨拶された。

お二人とも赤にも明にも関係していない。

「樋口くんが？　待って、あんなにいい人も珍しいくらいだよ？」

「うん。樋口殿は温厚で人当たりもいいし、誘拐に関わっているなんて嘘だ」

「それはそうね。あの人って優しそうな人じゃないの。それに兄上の側近の一人が犯人だなんて、信じたくないわ」

焦ったように言葉を紡ぐ三人に、哲成様は瞼を閉じて唇を引き結ぶ。

やはり、黙っていたほうがよかったかしら。

そんな風に自分の心が揺らぐのを感じたけれど、瞼を開いた哲成様はすでに落ち着いていた。

「もし犯人が通明だとしたら――、全部腑に落ちる。何か変だと感じたことも含めて、謎が解ける。もしかして、通明が元々誘拐したかったのは我々ではなく、俺たちの両親だったのかもしれない」

胸が針で刺されたように痛んで、ぐっと奥歯を嚙み締める。狼狽しながら声を上げたのは幸成様だった。

「え……、待ってよ。確かにあの日、父上と母上も先帝に会いに出かける予定だったけれど……。え、もしかして――。樋口殿が犯人だとしたら、オレたちと父上たちの牛車を間違えたのは、――夕悟の存在？」

そうなのだ。私たちの乗った牛車も、春日様たちが乗った牛車も、春日家の紋がついていた。でも外から見たら、誰がどの牛車に乗っているのか簡単に判別はできない。

ただ、樋口様は何度か屋敷に遊びに来ていた。ご両親にご挨拶された時に、夕悟の顔も見ていて、夕悟が春日様の私的な随身だということもご存じだった。

その夕悟が牛車を護衛しているのを見たら、中に乗っているのは私たちではなく春日様だと思うだろう。

「そうだな。通明は、自分たちが夕悟を目の敵にしていたことは俺が話しているから知っている。そんな夕悟が護衛している牛車ならば、両親が乗っていると勘違いしてもおかしくはない」

「そうか。だから賊たちは《女が乗っていることは知っている》って言ったのか。父上と母上が一緒に先帝に会いに行くことを知っていたから——」

高成様が身を乗り出す。確かに春日様が樋口様に、妻と一緒に先帝に会いに行く予定だと話していたのを思い出す。

「ああ。志摩か明里が狙われていたかと思ったが、本当は母上だったのだ」

哲成様のお言葉に、志摩がほんの少し胸を撫で下ろした。

「そういえば、樋口殿が言ったよね。《春日様はすぐに戻ってくるから騒ぐな、とおっしゃっていました》って。あの言葉を聞いてから、オレたちは父上たちをより一層疑ったんだ」

苛立ったように、幸成様が眉根を寄せる。

「幸成の言う通りだよ。あれで決定的に父上たちを疑ってしまった。僕らはその言葉が正しいか父上に確認もせず鵜呑みにして……。はあ、自分がふがいないよ」

恐らく、高成様とご両親がうまくいっていないことも樋口様はよくご存じだったんだと思う。哲成様と幸成様が、ご両親よりも高成様の味方になることも、そしてご自分がご兄弟から信頼されていることも、よく――。

そう思ったら切なくなる。それほど懇意にしていた友人が裏切っていたなんて、信じたくないし、信じられない。

私が哲成様なら、いつから裏切られていたのか知りたくなる。

楽しかった思い出や向けられた優しさも全て、嘘だなんて考えたくもないから。

「一体なぜ……、樋口様はこのようなことを……」

今まで黙っていたけれど、気づけばそんな言葉が口から落ちていた。

我に返って慌てて顔を上げると、哲成様が苦い顔をしていた。

「あいつほど、《血の掟》に苦しめられている人間はいない」

その言葉に、唇を引き結ぶ。

高成様が以前おっしゃっていた。官位を得るには家柄が必要だと。

どれだけ能力があっても、それは報われず、何よりも血が物を言う。

内裏の中はそのような世界なのだ。

無論私も、貴族の娘だといっても下級貴族だから内裏に上がることはできない。

私が《しかるべき姫》ではないのも、それ相応の家柄ではないからだ。

「……そうだね。樋口くんは、仕事はすごくできるのに、家柄が低いからこれ以上の出世はなかなか難しいよね。誰かの後ろ盾や引き立てがないと……」

高成様が顔を曇らせる。幸成様がお二人の顔を見ながら口を開く。

「それを考えると、やっぱりきっかけは先帝の譲位と新帝の即位、だよね。先帝が上皇陛下になられただけで以前とそう変わらないといっても、大なり小なり人事が行われる。そんな中、一時は内裏の頂点に立った父上が播磨から上京してきた。もしかしたら新帝の後見としてまた幅を利かせるのかもと疑って、先帝の鳥羽院や実際に今実権を握っている白河院と父上を接触させないように誘拐して監禁、もしくは殺害しようとした——、かな」

「ああ。そうだろうな。内裏には派閥があって、父上が内裏に戻ることに危機感を持つ人間が沢山いる。もしかしたら、俺と仲のいい通明に目をつけた上官に頼まれたのかもしれない。成功した場合は通明の後見になり、出世を約束する、とかな」

「今はまだ推論でしかないけど、その可能性が十分高いと僕も思う」

幸成様と哲成様に向かって、高成様が頷く。

「もし樋口様が犯人だとしたら、葛姫は誰なの？　哲成様、心当たりは？　あの赤の文に樋口様を止めてほしいという気持ちが込められているのだとしたら、樋口様に近しい人だと思うのよね。妻や恋人とかいるの？」

志摩が詰め寄ると哲成様は考え込む。

「通っている女がいるとかは聞いたことがないが」

「ふうん。だとしたら、身内よね。樋口様の監視下にある人間でなければ、あんな文なんて書かないわ。樋口様がこんなこと企んでいるから止めてよ、早く助けてって普通に書けばいいだけだし」

あのような文にしたということは志摩の言う通り、文を樋口様に読まれていたからだというのは腑に落ちる。

恋人でないのだとしたら、同じ屋根の下で暮らしていると考えるのが一番現実的だ。

「通明の母上はすでに亡き者だが、確か姉か妹が一人いるはずだが……」

「そういえば、以前樋口様から妹がいるとお伺いしました」

私が襲の色目の依頼を受けていることも樋口様はご存じだった。

「なるほどね。ならその妹が《葛姫》だわ。どこかでこの企みを聞いて、気づかれることなく何とかして誰かに兄を止めてもらおうと思って、あたしと明里に文を書いたのよ。あたしたちが襲の色目の相談を受けていることや、明里があの春日家の女房だってことも都の姫君たちは噂で知っているわ。それに妹なら哲成様と自分の兄が昔から仲がいいことを知っているだろうから、哲成様が気づいてくれたらと願って、赤の襲の依頼の文を書いたのよ」

同意の意味を込めて大きく頷く。

「樋口様が兄上の側近なら、内裏への出入りもできるし、あたし宛ての文を紛れ込ませることもできるはず。もし樋口様が葛姫の文の中身を読んでいても、赤の襲の色目を考えてほしいってお願いしか書いてないから、まさかこれが助けてほしいって意味だなんて思わなかったのよ」

「そうね。何度も同じ赤の襲の色目を指定しても、気に入らなくて別の色目がいいからもう一度文を出してほしいと言い訳すれば誤魔化せるわ。返事が届くかどうかわからない場所に届けられていた理由はまだわからないけれど、樋口様か葛姫に直接聞いてみましょう」

そう言いながら、突然文の内容が変化したことを思い出し、さっと冷たいものが全身を駆け巡る。

「もしかして……、今度こそ本当に春日様を誘拐するのかもしれません」

小さく呟いた私に、全員が息を呑んだ。

「この間樋口様がいらっしゃった時に、樋口様が、《春日様が先帝と新帝に会うご予定などはお聞きしていらっしゃいますか？》と尋ねてきました。それで私、即位の儀の三日後にお会いする予定だと伝えてしまって……」

「そういえば、さりげなく聞かれて答えたな」

あまり表情を表に出さない哲成様が、露骨に驚いた顔をしていた。

「それを葛姫もご存じになり、樋口様を止めてほしいと、危険を冒して露骨な文に変えたんだと思います……！」

もし春日様に危害が加えられたらどうしよう。私のせいだ。

樋口様を簡単に信頼してしまって、つい口を滑らせてしまった。

「申し訳ありません……。春日様たちに何かあったら私――」

高成様は、取り乱す私の肩を両手で摑んだ。

「――落ち着いて。大丈夫。父上も母上も殺しても死なない人だから」

「そんな……」

「自分のせいだと思わないで。元はといえば、勘違いをした僕にも責任がある。今から内裏に行こう。もしかしたらまだ間に合うかもしれない」

「高成様、私もご一緒してもいいですか？」

「もちろん。絶対に大丈夫だから」

にっこり微笑んでくれた高成様に頷く。笑顔を見たら、不思議と心が落ち着いてくる。牛車では遅いと、私は高成様の馬に乗せてもらって、全員で内裏に向かった。

二

「――来ていない？　そんなことないでしょ」

幸成様が門兵に春日様たちが到着していないか確認すると、門兵は首を横に振った。

「お越しになっておりません。先帝にお会いする予定だとお聞きしておりますが、まだお見えになっていません」

その言葉に、私たちは馬に乗ったまま頷く。

「恐らくもう攫われた、かな」

高成様から零《こぼ》れ落《お》ちたその言葉に、ぞっとしてつい強くしがみつく。

すると高成様はご自分の体に巻きつく私の腕にご自分の手を重ねる。

「大丈夫だよ。そんなに心配しないで。――哲成、樋口くんの屋敷まで行こう。案内してくれる？」

「ああ、わかった」

哲成様は馬首を返し、馬を駆る。

私たちもそれに続き、雪がちらつく都を駆けていく。しばらく走って、哲成様が馬を止めて降りた。

門兵と話した後、少し離れたところにいた私たちのもとに戻ってきた。

「通明も屋敷にいないみたいだ。仕事に行くと言っていたようだがな」

「そう……。なら一旦内裏に戻って樋口くんがいるか確認しようか。さっき確認すればよかったな」

「あの、お待ちください。樋口様がいらっしゃらなくても、恐らく葛姫はいらっしゃると思います。私に葛姫とお話しさせてください」

何か手がかりがあるかもしれない。

実際に会って話を聞けたら、疑惑が確信に変わる。

「――なら、あたしも一緒に行くわ。狩衣姿で来たことは失敗したけれど、明里の従者って形でお供する」

「志摩……、ありがとう」

「貴方たちはここで待っていて。男が来たら警戒されるわ」

「志摩も今は男の恰好をしているけどね」

幸成様が悪態を吐くと、志摩は幸成様をぎろりと一瞥する。

志摩は一人で平気だからと、颯爽《さっそう》と馬を乗りこなしてきた。降りる時も美しく、本当に若武者みたいでうっとりしてため息が出る。

門兵に志摩が話をすると、すぐに屋敷の中に走っていく。そしてあっさりと妹姫の元へ案内された。

「突然お伺いいたしまして、申し訳ございません。私、春日家の女房の鷹栖明里と申します。お話をしたくて伺いました」

御簾を隔てて呼びかけると、中の影がゆらりと揺れる。

「明里様……、ようこそお越しくださいました。どうぞお入りください」

そっと御簾を押し上げて、中から白い手が覗いた。私と志摩は頷いて、部屋へ入らせてもらった。

そこにいたのは私たちよりも少し年下の、十五歳前後くらいの女性。上から白、白、紅梅、淡紅梅、淡紅梅よりも淡い紅梅、そして単は青の、雪の下という襲の色目を纏った、柔らかい印象の女性だった。

白い雪の下には梅の花、まるで春を待つ草花の風情を感じ取れて、思わず感嘆する。ちょうど雪が降ってきた今日に、すごく合っていて素敵。

彼女の目元は樋口様によく似ていて、兄妹《きょうだい》というのも納得する。

「だ、男性⁉」

悲鳴のような声に我に返る。そうだった、志摩は男装しているんだった。

「ごめんなさい。あたし、志摩。あたしのもとに文を送ってくれていたでしょ？　わけあって今は男装しているけれど、れっきとした女よ」

声を聞いて女性だとわかったのか、強張った体から力を抜いたのが見て取れた。

「あの……。時間がないので単刀直入にお伺いします。貴女が私と志摩に赤の襲を依頼してきた、葛姫ですか？」

尋ねると、彼女の瞳がぐらりと揺れる。そしてすぐにその瞳に大粒の涙が溜まった。

「……その通りでございます。私が葛でございます。本当は万穂《まほ》と申します」

やはり、と志摩と頷き合う。

「このたびは大変ご迷惑をお掛けしました。どうしても兄を止めたくて、でも私には何の力もないので文を送ることしかできませんでした。ですがそれも兄の監視対象で真実など何一つ書けなかったのです……」

「時間が掛かってしまいましたが、万穂様のおかげで謎が解けました。兄上様の樋口様が、春日様を誘拐しようとしていることは間違いございませんか？」

尋ねると、万穂様は悲痛な表情を浮かべ、何度も頷いた。

「その通りです。兄と父が、春日様を先帝に接触させないようにしたいと上官から頼まれたと相談しているのを偶然聞いてしまいました。そのために春日様を誘拐してしばらくどこかに閉じ込めておくか、それとも果ては殺すか、という兄の言葉を聞き、とんでもないことをしでかす前にどうしても兄を止めてほしかったのです」

推察していた通りで、愕然とする。

やはり樋口様は哲成様を裏切ったのだと思ったら、胸にずんと重しがのしかかる。

「父は断固として反対しておりましたが、どうも兄は水面下でいろいろと悪だくみをしているようでした。私は気が気ではなくなり、不安でたまりませんでした。ちょうどその頃、都では志摩様と春日家の女房である明里様が、姫君たちのために襲の色目を考えてくださるという噂を耳にしたのです」

万穂様の扇を持つ手が小刻みに震えている。

「兄が以前から哲成様と懇意にしていることは存じておりましたが、哲成様は姫君からの文は一切読まないと有名でしたので諦め、代わりに春日家の女房である明里様に助けてほしいと文を送ることができたら、そこから哲成様の耳に入るかもしれないと思い、筆をとりました」

「そうだったのですね……」

「はい。兄は悪行が露見しないようにかなり周囲に気を巡らせておりました。初めは自分の名で詳細を書いた文を送って、直接春日家に届くようにと考えておりましたが、春日家に文を書いていることが我が家の女房から兄に漏れ伝わってしまい、どんな文なのか根掘り葉掘り聞かれました」

私の知っている樋口様とは遠いお姿に、露骨に動揺する。

「私は兄に、単純に襲の色目を選んでほしいから書いているだけだと嘘を吐きましたが、春日家と私が繋がるのを嫌がった兄から、文の内容は兄が確認し、明里様ではなく内裏にいる志摩様の元へ届けると言われました。しかも万穂ではなく適当な名にしろと言われ、葛としたのです。文の返信先も、今は使われていない私たちの祖母が住んでいた屋敷にされ、近くに住む下人が毎日届いているか確認してくれる手はずを兄が整え、直接我が屋敷に届かないようにしていました」

伏見稲荷大社のさらに南。一度雑仕に見に行ってもらったのを思い出す。

「このようなこと、お二人に伝えるのは心苦しいですが、私はお返事が届いても届かなくても、どちらでもよかったのです。ただ兄を止めたい気持ちが伝わればと思っておりましたので……。兄はまさか私が兄を止めようと考えているなんて思ってはいなかったと思いますが、兄は私にもほんの少しの隙も見せませんでした」

「そうだったのですね……。ただ一つわからないことがあるのですが、赤の襲の最初の依頼は、春日様が京に戻る前に届きましたが……」

「どうやら兄を唆した上官は、以前から播磨にいる春日様の動きを常時見張っていたようです。なので春日様が実際に京にお戻りになるより先に兄が動き出したことで私も知り、慌てて文を送りました。私には実行までどれくらい猶予があるのか、春日様が実際にいつ京にお戻りになるのかわからなかったので……」

春日様をその黒幕の方がどれだけ警戒しているか伝わってくる。

「そういう経緯がありまして、私は色に通じた明里様か志摩様なら、明暗顕漠の《赤は明だ》ということをご存じだと思い、《赤を主体にした襲》を選んでほしいと何度もお二人に文を書きました。兄には選んでいただいた色目が気に入らなかったと嘘を吐き、何度も。大変申し訳ありませんでした――！」

万穂様は私たちに向かって、額が床につくほど深く頭を下げた。

「お顔をお上げください。万穂様のお気持ち、時間が掛かってしまいましたが、しっかり届きました。だから私たちは今ここに辿り着いております。突然赤以外の色を指定してきたのは、今日また誘拐事件が発生すると伝えたかったのですね？」

こくりと万穂様は頷く。

「はい。前回は失敗したから、今回は確実に実行すると父と話していたことを、私の信頼のおける女房から聞きました。父は相変わらず兄を止めようとしていたのですが、聞く耳を持たず……」

「今すぐ樋口様のいらっしゃる場所を教えて。あたしたちが止めに行くから」

「え――」

「必ず止めます。取り返しがつかなくなる前に、教えてください」

深く頭を下げると、万穂様は声を震わせる。

「……文の返信先にしていた祖母の屋敷が、伏見稲荷大社のさらに南にあります。祖母は亡くなり、今は使っていないので、もしかしたらそこに……」

「わかりました。今すぐに向かいます。あの、本当にありがとうございました」

「え？」

きょとんとした顔で私を見る万穂様に笑顔を向ける。

「私に、私の主たちを護る機会を与えてくださって、心から感謝しています。万穂様が何とかして危険を伝えようとしてくださらなければ、私は全て終わった後に何もできなかったと悔やむことになっていたと思います」

「……そんな。私は……」

大事な人を護りたい気持ちは皆一緒だ。

万穂様も大事な兄上様を護りたいのだ。それが赤の襲の文へと姿を変えた。

志摩と立ち上がって、御簾を押し上げる。

「──また改めて、お伺いいたします。その時は友人としてお話ししましょう」

そう言うと、万穂様は崩れるように顔を伏せて泣き出した。

ずっと不安だったのだろうと、その姿から伝わってくる。

万穂様のためにも早く解決したい。

できることなら、樋口様が悪事を働く前にお止めしたい。

「志摩、走るわ」

志摩に声を掛けて駆け出す。間に合ってと願いながら、私たちは樋口様のお屋敷を飛び出した。

三

「そうか、あの屋敷か……」

高成様は呟きながら馬を走らせる。万穂様の話をしながら、私は再度高成様の馬に乗せてもらっていた。

「前は雑仕に行ってもらったけれど、人けのないところだって言っていたし、確かにうってつけなのかも。よかった、あの時雑仕に地図を書いてもらって念のため場所を把握しておいて」

「ありがとうございます。何としても樋口様をお止めしたいです」

長く話すと舌を噛みそうだったから、それだけ言って黙り込む。

高成様もそれ以上口を開くことなく、さらに馬を走らせる。

振り落とされないように、しばらく高成様にしがみついたままでいると、急に馬の足が遅くなった。顔を上げると、半分倒壊しかけた屋敷の傍に着いていた。

「――多分ここだ」

高成様が馬を降り、私も降ろしてもらう。哲成様や幸成様、志摩も追いついて馬を木に繋ぐ。

「聞いて。恐らくすでに父上たちは捕まってこの屋敷のどこかにいると思う。屋敷には前に僕らを誘拐したあの賊たちと、樋口くんがいると思う。僕はまず賊を一掃するよ。幸成は戦力になる夕悟を助けて、父上たちの縄を解いてあげて。その間に哲成は樋口くんを捕まえるんだ。明里ちゃんと志摩姫は危ないからひと段落するまでは絶対に出てこないこと。いいね？」

各々わかったと頷く。こういう時、高成様はものすごく頼りになる。

高成様はシッと指先を唇に当て、話すなと合図する。そうして木や下草に隠れながら慎重に敷地内に潜り込んでいくと、話し声がした。

その先を目で追うと、庭に春日様と北の御方様、そして夕悟が座らされていた。

私たちに背を向けた状態で、樋口様は春日様の正面に立っていて、その傍には五人ほどの賊がいる。屋敷の中からも笑い声が響いてくるのを聞くと、まだ何人か屋敷の中に潜んでいるようだ。

春日様たちは後ろ手に縛られて俯いている。

「——夕悟！」

思わず小声で名前を呼んでしまう。高成様はすぐにその大きな手で私の口を塞ぐ。

「大分痛めつけられているけれど、大丈夫。死ぬような傷じゃないよ」

耳元で囁かれ、頷く。

高成様のお言葉通り、夕悟は唇を切ったのか口元から血を流し、額も赤黒く染まっていた。でも確かに致命傷には見えない。

高成様が目で哲成様と幸成様に合図すると、お二人は気づかれないように場所を移動していく。

「いいかい？　君は一言も話してはいけない」

でも、待って。危険すぎる。高成様ももしかしたら夕悟と同じ目にあってしまうかも。いいえ、それよりもっと酷い目にあったら……。

急激な不安に襲われて、思わず高成様の袂をぎゅっと強く掴む。

一瞬驚いた顔をしたけれど、高成様はすぐに私に向かって微笑む。

――やめて。高成はいつもそう。駄目よ、自分を大事にしなくては。

そう言った北の御方様の声が急に耳元で鳴った。

そうか。北の御方様の言葉はこのような高成様のことだ。

笑みを向けてくれたけれど、あまりにも儚い。

死ぬ覚悟をきめている人の笑顔。

人にも自分にですら執着していないその姿に、悲しみが襲ってくる。

「高成様、行ってはいけません。駄目です……。もっと応援を呼んで……」

喘ぐように訴える私を黙らせるように、高成様が強く抱きしめる。

その腕に沈んで、そういえば今日、私は高成様のために表は白、裏は赤花《あかはな》の桜の重ねを選んだことを思い出す。

どうしてこの色目にしてしまったのかしら。

桜は潔く散ってしまうものなのに──。

「──明里ちゃん。大丈夫だよ。君のおかげで僕は変わった。今までは帰る場所がわからなくて、自分がどうなってもいいって思っていたけれど、今は帰りたい場所が明確になったから。──もっと君と生きてみたいって思ってる」

高成様はそう耳元で囁いて、私の肩を掴んで一気に引き剝がす。

「志摩姫、悪いけれど明里ちゃんをお願い」

傍にいた志摩に、私を押しつける。

「……言われなくても」

志摩が答えると、高成様は刀に手を掛ける。

そしてその唇に笑みを乗せる。

「案外、僕は強いんだけどなあ」

そう言ったと同時に、駆け出す。思わず伸ばした手に、桜の重ねの衣が触れた。

摑む前に、志摩に引き留められる。

「明里、落ち着いて」

「でも――」

「あたしも貴女も、男に生まれたらよかったわね。そうしたら肩を並べて同じように駆けて、同じものを背負えたのかも」

涙で滲《にじ》む世界で、志摩がそう言った。

震える唇を嚙み締めて頷く。

私は私の主たちを、志摩は志摩の兄上様を、近くで護りたかった。

そうできない自分の身を恨む。

高成様はまるで舞うように、音もなく刀を振るった。

一瞬の静寂の後に、赤がパッと舞い、その後に怒号のような叫び声が響く。

高成様に群がるように屋敷から男たちが飛び出してくる。

北の御方様の悲鳴や、砂利を踏みしめる音、そして刀がぶつかり合う音。

高成様が動じずに刀を振るうと、その先から男たちが倒れていく。でも多勢に無勢。

ああ、見ていられない。でも、目を閉じてこの現実から逃げることはできない。

高成様、どうかご無事で――。

そう願った時、高成様の死角から剣が振り下ろされるのを見る。

「――っ！」

口元を両手で覆った時、刀がぶつかる激しい音が鳴る。

見張った目に映ったのは、もう一人。

「――……ありがとうございます。助かりました」

「捕まるなんて、君らしくないと思うけど。僕ばかり働かせないで、さっさと君も働いてよね。――夕悟」

高成様の背に自分の背を預けて敵の剣を受け止めたのは、夕悟だった。

幸成様が夕悟の縄をほどいてくださったおかげで、夕悟も自由になれたようだった。

高成様が走り出すと同時に、その死角を護りながら夕悟も駆け出す。

まるで対になるように戦いながら、敵を一掃していく高成様と夕悟の姿を見て、体から一気に力が抜ける。

それからしばらく剣戟《けんげき》の音は続いたけれど、あっという間に男たちは地に伏し、立っているのは高成様と夕悟だけになった。

哲成様が樋口様を組み伏せているのを見て、これで全てが終わるのだと思った。

四

「皆様がご無事で本当によかったです……」

涙が止まらずに袂で拭う。袂でも受け止めきれなかった涙を高成様が親指の腹で優しく拭ってくれる。

「明里ちゃんは心配性だよ。僕が強いってわかったでしょ？　もう心配しなくていいからね」

わかったけれど、それとこれとは話が別だ。

「どんなに高成様がお強くても、危険な場所に自ら赴かれるのは反対ですし、心配します。だから無茶だけはおやめください」

「わかった。明里ちゃんを泣かせないためにも、無茶はしないよ」

そんなやり取りを傍で聞いていた春日様が「闇雲に戦うのはやめてくれ」と高成様に声を掛ける。

「明里さんの言う通りよ。高成はもう無謀なことはしないで。明里さんや私たちのように、貴方を待っている人のことも考えてちょうだい」

私と同じように袂を引き寄せて泣いている北の御方様に、高成様はバツの悪そうな顔をする。

「……わかってるよ。もっと自分のことも真剣に考えるし、真面目に生きるよ」

不貞腐れた顔をしていたけれど、高成様は約束してくれる。

高成様とご両親の間のわだかまりが、少し溶けたような気がした。

「——それより、君が犯人だったなんて、信じられないよ。樋口くん」

今度はご自分が縄で縛られ、樋口様は俯いて座り込んでいる。

口を開こうとしない樋口様に、哲成様が歩み寄る。

「通明。何か言いたいことがあるなら聞く。何もないのなら、先帝に突き出す。このままだと貴様が築いてきたものが全て消えるぞ」

哲成様の言葉に、しばらく沈黙が満ちる。

何も言おうとしない樋口様の代わりに春日様が口を開いた。

「私が邪魔だったのだな。私が先帝に接触して内裏に返り咲くことを警戒し、誘拐を企てた、ということだと考えていいか？」

相変わらず樋口様は沈黙を続ける。そんな樋口様に構わず、春日様が語りかける。

「君は優秀な人材だ。そして野心もある。そういうところに目をつけたあの男に唆されたのでは――」

「違う！　これは私一人で考えたことです！」

突然叫んだ樋口様の必死さに驚いて、体が震える。

それを聞いた哲成様が樋口様に詰め寄って胸倉を掴んだ。

「待て、通明。やはり貴様の背後に誰かがいて、頼まれてこの事件を起こしたのではないのか⁉」

「うるさい！　一人で考えて実行しただけだ！　誰かに頼まれてもいないし、誰も関わっていない！」

声を荒らげる樋口様に、哲成様はため息を吐き、手を離した。

――あの男。

春日様の言葉が胸に引っかかる。

内裏にはいくつか派閥があって、水面下で黒い闇が蠢《うごめ》いている。

――いくら帝といえど、己一人では内裏にはびこる魑魅魍魎には決して勝てないからな。

以前白河院がおっしゃっていた言葉がやけに胸の中で主張する。あの時はその意味がよくわからなかったけれど、魑魅魍魎とは、蹴落とし蹴落とされあっている貴族たちのことなのかもしれない。そう思ったら背筋に冷たいものが走ってぞっとする。

「ねえ、父上たちは樋口殿がこの件に関わっていることに、気づいていたの？」

　幸成様が尋ねると、春日様は静かに頷いた。

「そなたたちが誘拐された時に、すぐに己の代わりに誘拐されたのではないかと思った。あの日夕悟がそなたたちの牛車の護衛をしていたからな。その前に、私たちが先帝に挨拶に行くことを樋口くんに直接話していたし、屋敷を訪ねてきた旧友から樋口くんがどうも我々側ではなく、対立しているあちら側に属しているようだと聞いた」

「早く言ってよ……！」

　幸成様が苛立ったように声を荒らげる。

「伝えようかと思ったが、確信を得るまでに至らなかった。するとその間に誘拐事件が起こってしまった。だが誘拐したのが私ではなくそなたたちだったと判明したら、哲成と樋口くんの関係から、すぐに解放されると考えた。それに腕の立つ高成と夕悟がいるから、最悪の事態にはならないだろうと思ったのだ」

「あのね。オレたち結構苦労したんだけど」

「悪かった。むしろ私が騒いで事を大きくして先帝の耳に入ると、あちら側が黙っていないと思ったのだ。口封じのためにそなたたちが殺されてもおかしくないと考えて、絶対に解放されると踏んで、刺激しない選択をした」

ぐっと、幸成様は唇を噛み締める。

確かに、春日様が騒いでいたら、賊に襲われたと適当に理由をつけられて、《あちら側》が不利にならないように殺されていたかもしれない。

死人に口なし、なのだ。

それを考えると、賢明なご判断だったと思う。全員がそれ以上春日様に対して詰め寄ることがなかったのは、皆、春日様にご理解を示されたからだ。

「樋口くんが実行犯だと確信が持てないままだったが、もう一度少人数で内裏に行く手はずを整えれば、再度樋口くんが誘拐しようとしてくると考えた。だからわざと樋口くんの耳に入るように仕向けて、予定通り今日出掛けたのだ」

ご自分を囮《おとり》にする——。高確率で犯人がわかるけれど、かなり危険すぎる。

「はあ⁉　だとしたら父上は誘拐されるって知っていて出掛けたの⁉　馬鹿でしょ⁉」

「幸成の言う通りだよ！　何を考えているんだ！」

幸成様と高成様が激怒すると、春日様は苦笑した。

「恐らく数日監禁され、その間にあちら側の人間が今までの恨《うら》み辛《つら》みを語りに来るだろうから、すぐには殺されないだろうと考えていた。それに高成や哲成、幸成が必ず助け出してくれると信じていたのだ」

「何を勝手に——！　助けに来ないことだって考えられるでしょ！」

「三人とも先ほど、必死になって私たちを助けてくれた。そうだろう？」

高成様は悔しそうに唇を噛み締めて、ただただ春日様を睨みつける。何も言えなくなった高成様の代わりに、幸成様が詰め寄る。

「父上の言い分はわかったよ。でも母上を巻き込むのはどうかと思うけど」

「あら、私は巻き込まれただなんて思っていないわ。初めからこうなることは聞いていたし、私がいることで敵は警戒を緩めるだろうから、同意の上で一緒に来たの」

自ら望んで危険を冒すなんて……。

「でもさ、危ないし……！」

「幸成。ためになることを教えてあげるわ。息子は母親に似た女性に惹《ひ》かれるのよ」

あまりに唐突なその言葉に、幸成様だけではなく三人とも目を見張る。

「明里さん。貴女もこんな危険な場所に来なくてもよかったのに……。屋敷で待っていてくれてもよかったのよ？」

突然北の御方様はにこにこと私に向かって問いかける。

「いえ、そのほうが心配で辛いです……。屋敷にいるより足手まといでも皆様の傍にいさせてもらえたほうがまだ……」

「そうよね、よくわかるわ！　心配してやきもきするくらいなら、傍にいたいわよね。私、よーくわかるの。だからこうやって危険も顧みず夫の傍にいるのだし。私たち似た者同士ね！」

「？　はい……」

北の御方様の意図が読めなかったけれど、とりあえず頷く。

高成様は「絶対に信じたくない」とぶつぶつ呟いていて、幸成様は何か腑に落ちたのか、「そうかも」と頷いていた。

哲成様は何かを真剣に考えている。そして、突然春日様に向かってひれ伏した。

「――父上。今回の通明の一件、不問にしてほしい」

まっすぐに伸びたその声に、樋口様が跳ねるように顔を上げる。

ぽかんと口を開け、呆然と哲成様を見ている。

「なぜだ？　起きたことは先帝に報告する義務がある。説明しろ」

「通明の苦悩は、友である俺が一番よくわかっている。才能があるのに認められずにいる辛さが通明を追い詰めたのだ。通明が真《しん》に悪だとしたら、誘拐された俺たちを、さっさと殺したと思う。でもそうせずに解放してくれた」

哲成様がおっしゃる通り、樋口様が《あちら側》で、水面下で対立しているのだとしたら、あの時に事故を装って《こちら側》の春日家を皆殺しにしたってよかったはずだ。でもそうしなかった。

「俺は、通明と過ごした時間が全て嘘だったとは思っていない」

樋口様の瞳から涙が落ち、弾かれたように口を開く。

「お待ちください！　不問だなんて、許されない……。春日様、先帝に私のことを今すぐご報告してください！」

懇願する樋口様に、春日様は黙って目を向けている。

「私は哲成を裏切りました。友を裏切って自分のことしか考えなかったのに、何もなかったように過ごせません……！」

春日様はしばらくの間考えていたけれど、心を決めたのか、頷いて口を開く。

「――先帝には報告する」

「父上！」

「待ってよ。僕も哲成の気持ちを汲《く》みたい。もう別にいいよ」

「オレも。いろいろあったけど、許してもいいんじゃない？」

「そうね。兄上にあたしから話をしてもいいわ。大ごとにしなくても……」

高成様と幸成様、志摩も哲成様を援護する。でも春日様は難しい顔をしていた。

「駄目だ。どのようなことでも、自分のしたことに責任を持たなければならない。幼子でも知っていることだ。……だが、報告した上で不問にしてほしいとは伝える」

その言葉に、張りつめた空気が一気に明るくなる。

哲成様は笑顔を見せ、樋口様は呆然としていた。

「哲成。そこまで言ったのだ。樋口くんのことは哲成が責任を持って見守れ。樋口くんの才能は素晴らしいものだから、最終的に《こちら側》へ引き込むのだ」

「ああ。父上、ありがとう」

「樋口くん。残念だが、《あちら側》とは縁を切ってくれ。それが条件だ。そして哲成とこれからも切磋琢磨《せっさたくま》してお互いを高め合ってくれ」

樋口様は春日様のお言葉を聞いて地面に伏せ、涙を流す。

傷ついた全てのものを温かく包み込むように、空が赤々と染まっていた。

終章

「明里殿、いろいろとありがとう」

「春日様、こちらこそありがとうございました」

縁で会った春日様に深々と頭を下げる。

あの後、春日様と志摩は先帝に樋口様のことを掛け合ってくださったそうだ。そのかいがあって、先帝は樋口様の件を公にはしなかった。

ただこのままではよくないと、先帝は樋口様に派閥と縁を切るように促し、樋口様は蔵人所を辞して今は哲成様の仕事を手伝っているそうだ。

いつまでもというわけではなく、樋口様が立ち直ったら、蔵人所か別の省に戻るだろうと哲成様がおっしゃっていた。

その際は春日様が後見になってくださるそうだ。

初めからそうすればよかったのでは、と呟いた私に、哲成様は仲がいいから頼みづらいこともあるのかもしれないと静かに言った。通明の苦悩に気づいていたのに、相談されなかったからよしとしていた自分にも責任があると言って、哲成様は悔いているようだった。

樋口様は、私たちが万穂様のおかげで樋口様にたどり着いたことを知って、愕然としていたらしい。

でも、止めてくれてよかった、と呟いたそうだ。

万穂様は樋口様を支えながら毎日穏やかに過ごしていると、この間万穂様から文をいただいた。

「荷物は全部積めただろうか」

「はい。先ほど夕悟から出立の準備は整ったとお聞きしました。播磨に戻られるなんて、すごく寂しいです」

先帝と新帝への挨拶もすみ、樋口様の件もひと段落したことで、春日様と北の御方様は今日播磨へ帰ることになっていた。

夜が明け始めた薄暗い世界の中で、春日様が私に向かって笑む。

いつの間にかいらっしゃるのが当たり前になっていて、すごくよくしてくださっていたからお帰りになってしまうのが寂しい。

「ずっと京にいられたらいいが、職を退いても今回のように派閥の争いで今でも警戒されてしまうから、そうもいかないのだよ」

春日様は、どこか諦めたような、寂し気な表情を浮かべる。

「だが、明里殿がいてくれるから、春日家は安泰だ。女房として家のために尽くしてくれるのももちろんだが、今回のように明里殿の機転のおかげで謎が解けるのもありがたいことだ。いつまでもよろしく頼むよ」

「ありがとうございます。これからも春日家のために尽くします」

深く頭を下げると、春日様はぼそりと呟く。

「鷹栖殿によく似た姫だな」

「え？　父上に、ですか？　正直あまり似ていると言われたことがないのですが……」

首を傾げると、春日様は豪快に笑う。

「あの、父上と春日様はご友人なのですか？」

あまり父上から春日様のことは詳しく聞いたことがなかったけれど、春日様はどうも父上を知っているようだ。

「友人でもあり、同志だな。鷹栖殿にはよく働いてもらっているよ」

父上と春日様が同志？　しかもよく働いてもらっている？　含みを持った現在進行形の言い方に首を傾げる。今、父上は高成様の部下だからかしら。

「——貴方、そろそろ行きましょう！」

縁の先で手を振る北の御方様のほうに、春日様が歩み寄る。

それ以上父上のことを聞けずに、私も一緒についていく。

すると北の御方様とご一緒にいた三兄弟が、すぐに春日様と話しはじめる。代わりに北の御方様は、私の傍に来てくださった。

「明里さん、本当にお世話になったわ。これからも春日家をよろしくね」

「はい。お任せください。道中お気をつけて。またお越しくださいね」

北の御方様は私の手をぎゅっと握って、耳元に唇を寄せる。

「私、息子たちには折れたわ。好きなようにしろと言ったの。だからあの子たちのこと、前向きに考えてあげてね」

前向きに？

一体何のことをおっしゃっているのかわからなかったけれど、とりあえず「はい」と頷く。

「もちろん夕悟でもいいわよ。あの子はうちの子も同然だもの。身分の差がどうこう言うのなら、うちの養子にしてもいいし」

夕悟を家族にする、ということかしら。それはとても嬉しいことだわ。

「ありがとうございます。夕悟をこれからもよろしくお願いします」

「もちろんよ。ねえ、夕悟、明里さんに別れの挨拶をしなさい」

北の御方様は、牛車の傍にいた夕悟を呼ぶ。

「夕悟、ありがとう。体に気をつけてね」

「ああ。明里もな。あまり話せなかったが、久しぶりに会えて楽しかった」

にこりと夕悟は笑顔を見せてくれる。

「ねえ、夕悟は明里さんのことをどう思ってるの？　好きなら結婚を申し込めば？」

あっけらかんとそう言った北の御方様に、思わず固まる。

夕悟も瞼をぱちぱち開け閉めしていた。

「ちょ、ちょっと待って、何を言ってるの⁉」

慌てたように幸成様が割って入ってくる。

「ほ、本当だよ！　夕悟が明里ちゃんのことをどう思ってるかなんて、そんな――」

高成様が動揺したように私と夕悟の間に立つ。

無理やり私の肩を掴んだ哲成様はいつにもなく真剣な表情で口を開く。

「どうでもいい。明里、大事な話がある。聞け」

大事な話、とは、あの山道で言っていたことかしら。

強引な展開に戸惑っていると、夕悟が静かに口を開く。

「そうですね。明里はずっと自分の妹のように見守ってきました。でも久しぶりに会ったら美しくなっていて……」

「わあああ夕悟は何を言っているの⁉　ねえ、早く帰ったら⁉　一刻も早く帰って！」

「幸成の言う通りだよ！　さっさと帰って！　哲成も黙って！」

高成様の手で口を押さえられた哲成様は、何かもごもご言っているけれど、全然聞き取れない。

「――貴方たちって、情けないほど意気地なしねえ」

北の御方様が呆れたように吐き捨てる。

「――明里、続きはまた会った時に伝える」

夕悟は苦笑しながらそう言い残し、北の御方様と共に牛車のほうへ向かっていく。

山の端から太陽が昇り始める。皆様の行く道を照らしているようだった。

「意気地なしって、うるさいなあ！　こういうのは段取りがあるでしょ！」

「高成がそれ言う？　言い慣れているんじゃないの？」

「本気と遊びは違うんだよ。幸成こそ意気地なしだよ。いっつも照れてしまっていじめて本音を言わないくせに」

「はあ⁉　うるさいなあ！」

「ほら、図星！」

高成様と幸成様は大声で言い合いをしている。哲成様は私に向かって何か言っているけれど、高成様の手が離れないせいで相変わらず何を言っているかわからない。

でもこれが春日家の日常だと思ったら、この光景がどうにも愛おしくなる。

笑顔になった私を見て、皆様が笑顔を返してくれる。

初めてお屋敷に来た時よりもずっと、この仕事が好き。

いつまでもこの日々が続けばいい。

そう願って、朝焼けで赤に染まる空を見上げた。

【了】

あとがき

『平安かさね色草子　雨水の帖』をお手に取っていただき、誠にありがとうございます。梅谷百《うめたにもも》です。『白露の帖』に引き続き、再度明里や三兄弟を書くことができて、すごく嬉しく思っています。『白露の帖』同様いろいろと紆余《うよ》曲折《きょくせつ》あり、悩んだことも沢山ありますが、またもやこうやって一つの物語にできたことは、ひとえに読者様のおかげだと思っております。心からお礼申し上げます。

二巻目ということで前巻と同じく色がテーマとなってはおりますが、少し違った形の物語になりました。楽しんでいただけていたら幸いです。

個人的に元々色というものに興味を持ってはいましたが、この物語を書いていて色の奥深さ、不思議さをさらに感じております。

『雨水の帖』執筆時に、どうしても自分のパーソナルカラーが知りたくなり、新型コロナウイルスの流行が一旦落ち着いた頃に見ていただいたのですが、そのおかげで同じ色の服が増えました。でもその色の服を着ていると、似合っているね！　と褒めていただくことが増えて、色一つでこんなにも変わるのかと正直驚いています。そんな色に対するときめきや驚きをこの作品や他の作品でも伝えていけたらなと思いますので、今後ともどうぞよろしくお願い申し上げます。

今回、この小説を書くにあたって、沢山ご迷惑をおかけしてしまったO様とY様の担当様方に、心からお礼申し上げます。

また、『白露の帖』同様に雨壱絵穹《あまいちえそら》様が今回ものすごく可愛くて素敵なイラストを描いてくださいました。『雨水の帖』では桃色がすごく華やかで、初めて拝見した時思わず笑顔になりました。本当にありがとうございます。

さらに校閲様、資料を使わせていただきました研究者の皆様、そしてこの作品に関わっていただいた全ての方々に心からお礼申し上げます。

そして、何よりもここまで読んでくださいました読者様。皆様のおかげで、もう一度明里や三兄弟の物語を書くことができました。本当に本当にありがとうございます。いつも感謝しております。またどこかの作品の中でお会いできましたら幸いです。

――この本を手に取ってくださった皆様に、特大の愛と感謝を込めて。


深い雪の中で梅の花が綻び始めた一日より　梅谷　百

<初出>

本書は書き下ろしです。

この物語はフィクションです。実在の人物・団体等とは一切関係ありません。

メディアワークス文庫

平安《へいあん》かさね色草子《いろそうし》

雨水《うすい》の帖《じょう》

梅谷《うめたに》 百《もも》

2021年2月25日　初版発行

発行者　青柳昌行
発行　株式会社KADOKAWA
〒102 - 8177　東京都千代田区富士見2 - 13 - 3
0570-002-301（ナビダイヤル）
装丁者　渡辺宏一（有限会社ニイナナニイゴオ）
印刷　株式会社暁印刷
製本　株式会社ビルディング・ブックセンター

●お問い合わせ
https://www.kadokawa.co.jp/（「お問い合わせ」へお進みください）
※内容によっては、お答えできない場合があります。
※サポートは日本国内のみとさせていただきます。
※Japanese text only

※定価はカバーに表示してあります。

Printed in Japan
ISBN978-4-04-913635-7 C0193

メディアワークス文庫　https://mwbunko.com/

本書に対するご意見、ご感想をお寄せください。

あて先
〒102-8177　東京都千代田区富士見2-13-3
メディアワークス文庫編集部
「梅谷 百先生」係